Le chant du phénix

Kat Thibault

Le chant du phénix
Roman

LE LYS BLEU
ÉDITIONS

Chapitre 1
Chandelier

— *Reika… Reika…*

J'entends une voix lointaine et terrifiante qui m'appelle. Le son est presque inaudible, couvert par des éclats d'un rire dément. J'ouvre les yeux, les mains jointes contre ma poitrine. Je me vois, les cheveux défaits, l'eye-liner coulant sur mes joues noircies par les larmes.

Encore ces rires. J'essaie de m'enfuir mais mes jambes refusent d'obtempérer. Des mains surgissent de la pénombre dans laquelle je suis plongée. Je les évite de justesse et mon corps réagit enfin. Je finis par courir, quelqu'un ou quelque chose me poursuit. Mon pied se prend dans un obstacle invisible, me faisant lourdement chuter au sol. J'appelle à l'aide, sous l'hilarité générale des ombres qui me poursuivent. Je visualise toutes ces mains, sans bras, sans corps, qui m'agrippent alors que je hurle à plein poumon. J'étouffe, je suffoque, je me sens partir…

Des bruits de klaxon me réveillent en sursaut. La ville, ses bruits, sa pollution, l'odeur de pot d'échappement, ses parcs clôturés, ses chiens et ses habitants en laisse.

Je cligne des yeux. Les volets sont clos mais la fenêtre est ouverte car la chaleur est étouffante. Nous ne sommes pourtant qu'en fin juin. Cela étant dit, le soleil doit être à son zénith, il est midi. Encore une nuit courte.

J'allume ma station et y connecte mon téléphone. « Chandelier » de Sia fera l'affaire pour me sortir du brouillard du réveil. Je m'étire, bâille en regardant l'heure réelle. Il est tard.

Je me regarde dans le miroir de ma coiffeuse. C'est indéniable, j'ai une sale tête. Surtout depuis l'échec de mon examen de fin d'année qui me vaut un redoublement à dix-huit ans, l'âge de la liberté soi-disant dans beaucoup de pays. J'attache mes longs cheveux bruns bouclés pour ne pas ressembler à une version de film d'horreur du dessin animé Rebelle.

Tout en ruminant sur d'amères pensées, j'entends une voix : « Reika ! »

C'est mon père. À son ton, je ne suis pas sûre qu'il soit de bonne humeur. À contrecœur, je coupe la musique, j'enfile rapidement un jean et un t-shirt de Muse, un de mes groupes préférés.

Je descends de ma mezzanine et j'y trouve mon père en train de préparer à manger. Étonnée, je lève un sourcil :

— Salut, papa, tu fais à manger ?

— Oui, me répond-il. Il est rare de te voir réveillé de si bonne heure. Je prépare un brunch. Du bacon ?

— Ouais, merci.

Ce n'est pas normal. Mon père, qui pourtant sait cuisiner, ne le fait jamais et la dame qui s'en charge, dont je ne me souviens jamais du prénom, n'est pas là. Je l'observe en train de cuisiner en sifflotant. Qu'est-ce qu'il me cache ? Je lui demande directement :

— Papa, qu'est-ce qui se passe ?

— Pourquoi poses-tu cette question ? Je prépare un brunch à ma fille.

— Tu ne cuisines jamais. Enfin plus depuis que... Depuis des années.

— C'est juste, admet-il. Assois-toi ma chérie, je dois te dire quelque chose.

Je m'exécute et l'observe. Je dois reconnaître que mon père, malgré son âge, reste un bel homme, les yeux noisette comme les miens, le teint hâlé, grand, sportif et les cheveux poivre et sel. Je lui ressemble à ce qu'on dit, les cheveux moins disciplinés et je suis moins grande de taille à mon grand désespoir. Cela étant dit, il plaît, contrairement à moi en ce moment qui vit comme un ermite dans ma chambre.

Une pensée effroyable me traverse l'esprit. Quoi ? Va-t-il m'annoncer la venue d'une marâtre ? J'ignore pourquoi je pense directement à cela et mon père s'en rend compte immédiatement en voyant l'expression de mon visage.

— Tu as l'air contrariée ma chérie, dit-il. Il faut qu'on parle tous les deux. Ton grand-père m'a appelé cette semaine. Tu sais que nous nous sommes réconciliés depuis peu et nous n'avons pas eu l'occasion de nous voir *là-bas*. À Noël, quand ils sont venus à la maison, il m'a annoncé qu'il souhaitait déléguer et que je reprenne avec ton oncle l'entreprise familiale.

— Tu comptes accepter sa proposition ? lui demandé-je.

Silence gêné. Il pousse un soupir en me servant le bacon. Je lui dis :

— Tu as déjà accepté ! Mais papa, tu es censé m'en parler !

— C'est encore moi qui suis le chef de famille, me fait-il remarquer.

— Sûrement, mais tu m'annonces ça au dernier moment ! On s'en va comme ça alors, sans prévenir personne ?

— Qui va-t-on prévenir ici ? Ton école est déjà informée, tu es déjà inscrite à Montebello.

— Et mes amis ?

— Quels amis Rei ? Les espèces de petits avortons pourris gâtés avec qui tu traînes ? Je te signale que la plupart d'entre eux ont eu leur examen et s'en vont. T-ont-ils appelé depuis que tu as échoué à tes examens ? Même Max n'est pas venu te voir, quoique je comprends, étant donné que c'est un bon à rien.

Je serre les dents, exaspérée. Il est vrai que j'ai coupé mon portable depuis que j'ai été recalée, supprimé tout ce qui ressemble à un réseau social de mon mac, mais personne n'est venu toquer à ma porte pour savoir si j'allais bien. Peut-être que papa a raison. Cela fait six ans que je suis ici et je n'ai pas cherché à avoir des amis. J'étais dans une bande de « rebelles », de gosses de riche inintéressants mais qui me trouvaient bizarre et cool, et ça me convenait. Je n'avais pas besoin de sourire tout le temps ni d'être aimable.

« Alors c'est décidé, reprend mon père. Les déménageurs ont déjà emballé ma chambre, fais-en de même et nous partons d'ici quelques jours à Montebello. Tu verras, tu t'y referas ma chérie. »

Il remonte à l'étage, l'air sûr de lui. Ou presque.

Je finis mon brunch dans le silence et remonte dans ma chambre. Mon père y a déjà déposé une pile de carton. Je commence à tout ranger. Six ans d'une vie tranquille, anonyme, effacée. Après ce qu'on a vécu mon père et moi, nous nous sommes fondus dans cette ville terne, sans intérêt à mes yeux. J'emballe dans du papier bulle mon cadre photo avec ma famille : mon oncle, mon grand-père, mon père, Woody (le chien) et moi. Petite famille, mais c'est tout ce que j'ai dans la vie et j'y tiens.

J'ouvre mon armoire où s'empile une bonne quantité de vêtements divers et variés : jupes tutus, jeans noirs bruts ou destroys, des sweats de groupe de rock, des robes de créateurs (de la plus originale à la plus sobre), des pantalons et jupes en simili cuir, des chemisiers à jabot au t-shirt simple noir... Cela va me prendre un temps fou pour ranger cette montagne de fringue.

En essayant de fourrer maladroitement toutes ces affaires dans les boîtes dont je dispose, je me questionne sérieusement sur ce que je vais bien pouvoir faire dans la ville qui m'a vue grandir.

Peut-être que Montebello a changé, au moins ce sera plus calme qu'ici et l'odeur de la mer sera plus appréciable que la pollution nauséabonde qui y règne. Six ans sans voir cette petite ville, c'est long mais c'était nécessaire de partir à l'époque où je l'ai quittée. J'en ai quelques souvenirs, d'autres sont enfouis. Certains moments de ma vie là-bas demeurent pourtant flous.

* * * *

Quelques jours plus tard, le camion des déménageurs nous attend en bas de l'immeuble. Beaucoup de cartons de vêtements, de livres et de bibelots, peu de meubles. Six ans d'une vie anonyme parmi des milliers d'habitants indifférents. Montebello n'est pas du tout comme ça. Tout le monde ou presque se connaît ou « a entendu parler de quelqu'un ». Finie de passer plus ou moins inaperçue. Cette idée m'angoisse un peu, malgré le fait que j'assume entièrement ma façon de m'habiller et d'être. Effectivement, je suis quelqu'un d'assez sûr de moi, toujours sur la défensive au cas où.

Mon père me tire de mes rêveries :

— Prête ma belle ? Ne t'inquiète pas, ça va bien se passer. Tu adoreras la maison.

— Une maison ? Je m'étonne, j'espère que…

— Non ce n'est pas notre ancienne maison, d'ailleurs si ça peut te faire plaisir, elle est détruite depuis trois ou quatre ans. C'est dans un quartier tranquille dans le nord de la ville. À l'opposé en somme.

— Papa, Montebello est une ville tranquille, alors je ne sais pas si c'était utile de préciser que notre quartier le sera.

Il sourit en me tapotant la tête. Nous montons dans la voiture. Il met la musique pour les quatre heures de trajet que nous avons à parcourir. Les paysages défilent et me bercent.

Au bout d'une heure, je commence à somnoler sur « Change » de Tears for Fears, un groupe vénéré par papa. Et je finis par m'endormir, en espérant effectivement que ma vie va changer.

Chapitre 2
Montebello, la maison vue sur la mer

« Rei... Réveille-toi, nous sommes arrivés. »

Je m'étire et pousse un grand soupir en jetant un coup d'œil par la fenêtre.

Montebello, cette ville si particulière. Je sens l'odeur de la mer, entends les vagues et le vent à l'air salin. Il y fait beau aujourd'hui, pas de chaleur étouffante, juste de quoi se balader en t-shirt sans fondre sous le soleil. On dirait une carte vraie postale. Il y a quelques riverains, tous souriants, chose choquante quand on arrive de la ville.

Je descends de la voiture. Papa a vu juste, la villa est magnifique. Elle est dans une résidence avec d'autres maisons, toutes différentes mais bien assorties et entretenues. La nôtre est une maison sur deux niveaux, avec un toit gris comme les maisons en Bretagne que mon père m'avait montrées sur des photos. La maison est construite avec de belles pierres en granit beiges, un peu usées à certains endroits, ce qui la rend authentique. Je monte trois petites marches menant à une petite terrasse pour atteindre le perron de la lourde porte en bois et franchis l'entrée. L'intérieur est magnifique, le parquet, la cheminée et quelques meubles sont déjà présents. On aurait dit un chalet, mais avec le confort et la modernité en plus.

Au rez-de-chaussée, je peux visiter le salon avec son super sofa spacieux, un bureau pour mon père, une cuisine avec îlot central tout équipée. Ça me change de notre petite cuisine où je faisais des expériences culinaires plus ou moins réussies. Il y a aussi une salle d'eau et la chambre de mon père avec une baie vitrée et une vue sur le jardin. À l'étage, ma chambre, plus spacieuse, une salle de bain avec baignoire. On dirait un petit studio. Il y a même un petit placard qui pourrait me servir de dressing. Mon père, bien qu'ayant un travail bien payé, a gagné au loto ou quoi ?

J'ouvre la fenêtre de ma chambre et respire un grand bol d'air. La vue était superbe, je vois la mer, les bateaux et une crique au loin. Dès que possible, j'aimerais rapidement y faire un tour. Mon père arrive derrière moi, inquiet. Je me retourne, les yeux brillants :

— Papa, c'est magnifique, c'est la plus belle maison du monde !

— Tu trouves ? demande-t-il, visiblement soulagé.

— Oui, elle est géniale, je pourrais y lire et peut-être me remettre à la photo, qu'en penses-tu ? C'est si beau ici, j'avais oublié et n'avais gardé que de mauvais souvenirs…

— Tout cela est derrière nous Rei, essayons de repartir de zéro. Mais tu devras te comporter beaucoup mieux à l'école et faire un effort, je ne veux pas te voir échouer une nouvelle fois car je sais que tu es capable de mieux comme tu l'as été jusqu'à l'année dernière. Je te refais confiance maintenant, parce que comme tu le sais, avec ce qui arrive chez Verans, je ne serai pas souvent disponible. Ta réussite dépendra de toi et n'essaie pas de plaire à des gens qui n'en valent pas la peine, tu sais ce que tu vaux.

Il a bien insisté sur la dernière phrase. Message reçu papa.

— D'accord papa.

— Au fait, demain nous retrouvons la famille puis des amis pour une balade en mer. J'espère que tu te lèveras avant midi pour en profiter.

Il m'embrasse le front et tourne les talons. J'aimerais parfois lui dire ce que je ressens mais je crois qu'il serait gêné. Il a toujours un geste d'affection envers moi et une parole encourageante.

Aussi, je me rends compte que mon père a raison. Pas besoin d'imbéciles à qui plaire pour avoir l'impression de faire partie de ce monde. J'ai déconné l'année dernière en me laissant atteindre par le fameux Max et finir par faire n'importe quoi avec sa bande en pensant être « dans le coup » comme dirait papa (une expression qu'il adore en pensant faire jeune). J'avais même essayé de leur ressembler physiquement, si parfaits avec leur petit uniforme bien impeccable, le brushing parfait, le maquillage à outrance pour des filles de dix-sept ans. Chassez le naturel, il revient au galop. Cependant, c'était trop tard, j'ai raté mes examens mais j'ai essayé de récupérer le peu de dignité qu'il me restait à ce moment-là en faisant le mort.

Mais cette année, tout change. Finie l'école privée et peut-être qu'il y aura des gens normaux là-bas. Enfin même si le lycée est public, il faut dire que Montebello est une ville un peu « chic ». On verra bien. Reprendre le lycée quand on pense en avoir terminé, c'est vraiment déprimant.

Je bâille. Ce déménagement m'a épuisée, bien qu'en fait je n'aie pas fichu grand-chose. Je détache mes longs cheveux bouclés en secouant la tête, démaquille mon œil de biche et mon mascara et retire mon rouge à lèvres brun fétiche. Je grimace en voyant ma tête. Le maquillage fait des miracles quand même.

Je me couche dans mon lit installé par les déménageurs en ouvrant un livre. Une nouvelle fera l'affaire. J'ouvre « Nantas » de Zola et somnole en lisant dix fois la même ligne. Il est tôt mais je mangerai mieux demain. De très loin, J'entends une mélodie de piano. Elle me berce, elle a l'air si douce, si mélancolique… C'est très beau… Est-ce mon imagination qui me joue des tours ?

Je m'endors en pensant m'ennuyer demain sur ce bateau. Il me faudra plus d'une nouvelle pour m'occuper demain.

Chapitre 3
River

Le lendemain matin, j'entends déjà mon père s'affairer pour la balade en mer. J'ouvre un œil. J'avais oublié et je dois sûrement être en retard. Encore… Je n'ai même pas pu voir mon oncle et mon grand-père qui ont dû passer ce matin.

Il m'appelle, l'air pressé. Bon, pas le temps de faire la diva, je saute dans une douche, la brosse à dents dans la bouche. Avoir une salle de bain pour soi est vraiment le top. J'attache ma longue tignasse en chignon désordonné, me débarbouille. J'essaie vainement de faire un maquillage waterproof dans l'espoir que la mer ne sabote pas tout. Tant pis, j'aurai la tête que j'aurai…

Je mets un pull à maille fine et un jean taille haute tous deux noirs, un vieil imperméable violet et une paire de baskets à plateforme.

En descendant, mon père me dit :

— Ah bah enfin ! On est en retard et en plus, tu prends le temps de te préparer pour un défilé de mode !

— C'est un pantalon papa, pas une robe de soirée. Je t'ai épargné le maillot de bain et la robe de plage à motif tête-de-mort que tu détestes tant.

— C'est trop d'honneur ma chérie, ironise-t-il.

— Oui, je l'ai mis dans mon sac au cas où.

Il lève les yeux au ciel, en guise de réponse, je lui tire la langue d'un air malicieux.

Nous arrivons sur la marina en quelques minutes. La vue est vraiment magnifique, des bateaux de toutes sortes sont amarrés sur le port. Des yachts, des catamarans… Du peu de connaissance que j'ai des bateaux du moins. Mon père me tend une paire de lunettes de soleil. Je le remercie en les scrutant attentivement.

— Papa tu es sérieux ?

— Je t'ai vue les regarder dans les magazines que je t'ai pris avant le départ. En plus, c'est ta copine qui les porte. C'est ton cadeau de bienvenue.

« Ma copine » chez mon père signifie une personnalité que j'aime bien, voire beaucoup.

— Mais… ai-je répondu l'air effaré. Ça doit coûter cher, elles sont sorties cette année.

Devant mon expression, il rit de bon cœur et m'invite à le suivre. Les lunettes sont des Chanel. Mon père a-t-il vraiment perdu la tête ? Fait un pacte avec la mafia ?

À quelques mètres, un homme, d'une cinquantaine d'années, blond, aux yeux bleus et élancé, nous fait signe. Il est accompagné d'une femme, plus petite, brune, les yeux pétillants. Ils sont tous les deux très élégants avec leurs polos assortis et ont l'air sympathiques. On dirait qu'ils sortent d'un magazine américain.

— Ah ! vous voilà tous les deux ! Nous sommes prêts à lever l'ancre moussaillon, dit-il en s'adressant à mon père.

— Ravis de vous revoir tous les deux ! Merci pour l'invitation Karl. Comment vas-tu Robyn ?

— Très bien Ruben merci, répond la femme en souriant à mon père.

— Tu ne te souviens peut-être pas d'eux Reika, mais Karl et Robyn Finner sont des amis de longue date. Ils avaient une maison de vacances à Montebello à l'époque et se sont installés définitivement depuis quelques années maintenant.

— Désolée mais je ne m'en rappelle plus papa, mais je suis enchantée de vous rencontrer, enfin vous revoir, je bafouille.

Après avoir échangé sur le catamaran des Finner et le temps à venir pour la promenade en mer, nous montons sur le bateau spacieux. Karl m'indique où m'installer avec mon père pour la nuit et nous prenons le large.

Je descends défaire mes affaires et celles de mon père. Je mets mes écouteurs. La musique de Gotye « Save me » démarre.

J'enlève mon manteau, et me regarde dans le miroir pour me remettre mon rouge à lèvres marron mat préféré. Puis, je commence à chantonner en me recoiffant les cheveux tant bien que mal en les attachant en un chignon désordonné.

Tout à coup, je fronce les sourcils. Cela fait déjà quelques minutes que je ne me sens pas seule, enfin, plutôt observée. Je fais volte-face et me retrouve devant un garçon d'à peu près mon âge. Je lève lentement la tête vers lui.

Il doit avoir être un peu plus vieux que moi, assez grand, des cheveux châtains épais en bataille, de grands yeux bleu gris surmontés de sourcils bien dessinés. Son visage est assez carré, comme sa stature, bien qu'il soit mince. Sa bouche est fine avec un arc de cupidon prononcé et un grain de beauté au-dessus de celui-ci. Il porte une marinière blanche et bleu marine à col en v, un pantalon en lin de la même couleur avec des Converses classiques noires, ce qui lui va assez bien. Il doit probablement être ici depuis un certain temps car son teint est hâlé. Je dois bien avouer qu'il est plutôt séduisant.

Je ne peux m'empêcher de le dévisager quelques secondes et finis par lui demander sans réfléchir :

— Qui es-tu ? Enfin bonjour, est-ce que tu m'observes depuis longtemps ?

— Salut, tu dois être Reika. Non, je viens de te voir descendre, je pensais que c'était ma mère. Désolé je ne suis pas remonté des cabines quand nous avons démarré. Je suis Adrian Finner.

Sa voix est nasale et douce mais pas désagréable à entendre.

— Tu es le fils de Robyn et Karl ?

— Bien remarqué, dit-il d'un ton faussement sérieux. Non en fait je suis un détenu en fuite, je me cache là.

Devant son air moqueur, je ne peux m'empêcher de lui répondre au tac au tac :

— Et tu es toujours aussi sarcastique ? Afin d'être au courant, tu vois.

Il lève un sourcil. Il ne devait pas s'attendre à cette question, je le vois réprimer un sourire :

— Tu t'y feras, t'inquiètes pas. Bien installée ?

J'acquiesce. Je passe devant lui pour lui faire signe de monter afin que je puisse aller profiter du soleil et de la mer. Je suis forcée de constater qu'il sent bon… Une odeur musquée. Mais il semble gêné de la proximité. Pour éviter de prolonger le malaise, je lui dis :

— On devrait plutôt remonter pour profiter des derniers jours de vacances au soleil, tu ne trouves pas ?

— OK, se détend-il.

Bon, OK, réponse courte et concise. N'aime pas la proximité, semble sarcastique et peu bavard lorsqu'il est mal à l'aise. Je sens que je vais beaucoup m'amuser cet après-midi.

Je vais discuter avec Karl et mon père. Ces derniers pensent m'apprendre les bases de la navigation, et je n'y comprends rien. Hormis bâbord, tribord et encore. Bref. Je prends un air faussement intéressé. Je jette brièvement un coup d'œil au fils des Finner. C'est moi où il a l'air de se retenir de rire ?

Robyn prend pitié de moi en me tendant avec un grand sourire une limonade dans un gobelet en plastique. Adrian est dans un coin, lisant un bouquin. Elle me fait un clin d'œil et me dit :

— Une fois qu'ils sont en mer, ils ne parlent que de ça ma chérie, alors fais comme moi depuis 20 ans, tu hoches la tête en posant quelques questions. J'ai appris deux trois choses en autant de temps, pour te dire l'intérêt. Ce qui me plaît c'est de voir Karl heureux, et prendre le large ne fait jamais de mal pour un moment en famille.

— Peut-être, je réponds, là où je vivais il n'y avait ni mer, ni bateau. On faisait peu de choses en famille là-bas. Je trouve cet endroit plutôt rafraîchissant. La ville, c'était pas mon truc.

— Rien ne vaut de l'air frais, tu as raison Rei, je peux t'appeler Rei ?

Je hoche la tête et je lui adresse un petit sourire devant sa mine réjouie. Je me sens immédiatement en confiance avec elle contrairement à Adrian qui nous regarde d'un drôle d'air depuis tout à l'heure. C'est quoi son problème ?

Robyn a l'air de lire dans mes pensées :

« Adrian est un bon garçon. Tu verras. »

Qu'est-ce que je dois comprendre ?

Je pars m'isoler au soleil en reprenant ma nouvelle que je finis en peu de temps. Dans ma précipitation, je n'ai pas pensé à prendre un autre bouquin avec moi.

La nuit tombe peu à peu. J'en profite pour me débarbouiller le visage et brosser rapidement ma crinière.

Après avoir mangé, et que Karl et mon père aient évoqué des souvenirs et autres exploits de mer, Robyn finit par rendre les armes et aller se coucher en poussant son mari vers les cabines. Tout le monde part dormir, je décide de rester un peu pour pouvoir écouter tranquillement ma musique, notamment « River » de Tula. C'est une belle soirée fraîche, je laisse mes pensées courir sur le son des vagues et de la musique. Je ferme les yeux, m'imaginant m'envoler loin de tout, des gens, du passé, craignant encore de mal dormir.

« Tu ne vas pas te coucher ? Tiens, ton père m'envoie te donner ça. »

C'est Adrian qui vient interrompre mes pensées. Il porte un sweat bleu marine qui lui sied à merveille et me tend mon imperméable violet.

— Merci. Non, je n'ai pas sommeil. J'ai déjà bien dormi durant toutes les vacances, je pense.

— Tu es stressée de reprendre les cours ? demande-t-il

— Ouais. J'ai redoublé, alors faire la même année au lycée, ça ne m'emballe vraiment pas.

— J'imagine.

— Et toi tu es à l'université ?

— Non, je prends quelques mois sabbatiques, répond-il

— La chance. Je t'envie. Que vas-tu faire ?

— Je ne sais pas encore, j'ai plusieurs idées.

Un long silence s'installe. Je regarde l'horizon, en écoutant le clapotis des vagues, reprenant le cours de mes pensées. J'ai eu

18 ans il y a quelque temps et au lieu de profiter de la vie comme Adrian, je vais reprendre une année de terminale. Il faut que j'arrête de ruminer là-dessus. Si j'ai redoublé, ce n'est pas parce que je n'avais pas la capacité de réussir, mais parce que je me suis éparpillée. Je me suis égarée mais je ne dois pas renoncer, mon père serait déçu – encore –. Pas question de revoir cette expression dans ses yeux.

En me relevant, je fais comprendre à mon hôte que je prends congé.

— Merci de m'avoir tenu compagnie, Adrian, je vais me coucher.

— Pas de quoi. Arrête de stresser, tu verras, il y aura forcément des gens intéressants pour toi ici. Tu trouveras ta place, essaie-t-il de conclure.

— Tu penses ?

J'ai posé la question sans réfléchir, sans contrôler le tremblement dans ma voix. Il a dû s'en rendre compte, lève la tête vers moi et me sourit :

— Crois-moi, même ton imper violet et toi trouverez votre place. J'en suis sûr. Quoi que...

Il m'adresse un sourire en coin en devant se féliciter de sa réponse idiote. Je fronce les sourcils et ouvre la bouche pour répliquer puis finis par me raviser. Il faudra que je me fasse à ses moqueries non dissimulées. Je lui souhaite poliment une bonne nuit même si son air agaçant m'a donné envie de le jeter par-dessus bord.

Plus tard, je me retourne dans le lit et j'entends mon père ronfler en dessous. Le flottement du bateau finit par me bercer et je pense à la dernière phrase d'Adrian. Je souris, et m'endors.

Chapitre 4
Cosmic girl

Il est sept heures du matin quand mon réveil sonne.

Déjà la rentrée… Je saute du lit, scrute ma chambre décorée il y a peu. En violet, bien évidemment, ma couleur préférée. Mon nouveau sac de cours et mes fournitures scolaires sont soigneusement rangés sous mon bureau noir baroque.

C'est déjà ça, heureusement que je les ai préparées il y deux semaines.

Maintenant, la question cruciale : comment je m'habille ? J'ouvre mon dressing. Pas de t-shirt squelette, Nirvana ou autre groupe, pas de serre taille, ni de tutu. Quoique, ma jupe courte en tulle irait pas mal avec un débardeur noir simple ? Il fait encore beau temps. Un trait d'eye-liner pour souligner mes yeux noisette, un rouge à lèvres pourpre et le tour est joué. Je laisse mes cheveux bruns bouclés lâchés et enfile des converses noires, plates cette fois-ci. Je prends une veste en jean, simple, décontractée. Ça me change des uniformes guindés de l'école privée.

Après que mon père me fasse un sermon sur cette « année décisive de ma vie », je décide de faire le chemin à pied. Le lycée est à un peu plus d'un kilomètre, ça me permettra de profiter du paysage. Je mets mes écouteurs, du métal symphonique à fond dans les oreilles.

En arrivant, je me rends compte que j'aurais peut-être dû éviter de mettre cette tenue, qui apparemment est beaucoup trop extravagante. On se croirait dans un lycée américain : de belles filles au brushing parfait, des musiciens au look bobo, des intellos tirés à quatre épingles, des sportifs aux dents blanches.

Où ai-je atterri ? C'est la panique intérieure générale.

Évidemment, tout le monde me regarde comme si j'étais une bête sauvage. Belle entrée Rei. Je fonce tout droit au secrétariat du lycée en prenant un air sûr de moi.

La dame qui me reçoit a l'air stricte et est habillée comme une nonne. Elle me remet un carnet de correspondance et m'indique ma classe. Terminale en lettres. Il n'y a qu'une classe, difficile de se tromper. C'est une « petite » école comparée à l'établissement où j'étais scolarisée avant. Je me rends donc dans l'aile dédiée.

Un professeur, habillé comme un mannequin, la quarantaine, arrive et nous impose le silence. Il a l'air moins strict que la bonne sœur du secrétariat mais ne rêvons pas, je suis dans une dimension entre le high school musical et l'internat catholique. À cette pensée, je ris intérieurement.

Les élèves rentrent par ordre alphabétique dans le cours de littérature et je me retrouve à côté d'un garçon aux cheveux blonds et bouclés en bataille qui me regarde avec insistance, un sourire aux lèvres. Je me tourne vers lui sur la défensive :

— Sérieux, tout le monde ici me regarde comme si j'étais une martienne, vas-tu passer le reste de l'année à faire ça ?

— C'est pas ça, rigole-t-il, tu es nouvelle et je n'ai jamais vu de spécimen comme toi ici.

— Je te fais rire ? Suis-je si ridicule que ça ?

— Non, ton look est cool. Je m'appelle Armand, et toi ?

— Reika.

— Enchanté, sourit-il. Prépare-toi à me supporter, ils adorent nous ranger par ordre alphabétique ici.

Devant son air sincèrement jovial, j'essaie de lui casser son élan d'amitié en répliquant sèchement :

— Pour tous les cours ?

— Hé oui. Ah, ah, si tu voyais ta tête !

Il se remet à rire. Il est si communicatif que je finis par lui faire un petit rire gêné. Il a un beau sourire, un visage de chérubin, rond, sans défaut. Mais contrairement au chérubin, il est blond tirant sur le roux et pas assez potelé quand même. Voire bien fait de sa personne d'ailleurs pour son âge.

Je finis par passer la journée avec lui. Il est si enthousiaste que je le laisse parler tout le temps. À côté, je dois vraiment paraître pour une personne totalement déprimée.

Peut-être que je devrais être un peu moins stressée ? J'espère qu'il ne me prend pas pour une folle.

Au fil de la journée, je constate que nous avons des points communs, nous aimons la musique, il aime lire, l'art, les jeux vidéo, déteste le sport et connaît tous les potins du lycée. Cela pourra me servir, sait-on jamais.

L'après-midi, nous avons un cours d'histoire en commun avec une autre classe. Le professeur est tellement soporifique que je me retourne vers Armand (qui n'est pas à côté de moi pour le cours) qui me mime une pendaison. Nous étouffons un rire. Soudain, on frappe à la porte.

L'enseignante invite l'élève retardataire à rentrer. Une grande rousse aux yeux verts flamboyants, le genre de fille parfaite, fringuée haute couture. Son arrivée suscite des chuchotements admiratifs parmi les élèves, filles comme garçons d'ailleurs. Pas étonnant.

— Bonjour, mademoiselle Sumer. Vous avez dix minutes de retard pour votre première journée.

— Excusez-moi madame Dumont, j'étais au secrétariat, j'ai un mot.

La fille aux cheveux de feu présente un papier au professeur qui pince les lèvres en lui désignant sa place. Juste devant moi.

Elle s'avance, me jette un coup d'œil furtif et s'assoit. Une fille manucurée et qui a sûrement abusé du fer à lisser se penche vers elle et elles gloussent. Elles ont l'air de se moquer de moi, ou du professeur.

La journée se termine et je vais ranger mes affaires dans un vestiaire dédié aux lycéens. Pas bête comme idée. Nous n'avions pas cela dans l'ancienne école. Au prix qu'elle coûtait, ils auraient pu faire un effort. En verrouillant mon casier, la rouquine du cours d'histoire m'intercepte :

— Tu dois être la nouvelle. Je m'appelle Harmony, Harmony Sumer.

Son ton était froid, voire hautain, et son sourire semble faux. Surprise, je réponds impassible :

— Reika. Tu es la cheerleader du lycée, je suppose ?

— La cheerleader ? Ah tu veux dire, la « fille » populaire du lycée ? En quelque sorte. Mais ici, on est pas dans un film américain.

— Pourtant, ici, tout le monde a l'air parfait. Et je viens d'une école privée, pour te dire.

— Une école privée ? C'est classe. Tu n'es peut-être pas une petite crève-la-faim boursière de cette année alors.

Je la fusille du regard. Pour qui elle se prend cette pimbêche ? Elle reprend, imperturbable :

— Tu comprends, avec ton look, je pensais que tu étais d'ailleurs, d'un quartier pauvre, quelque chose dans le genre. Bref. Je te donne un flyer pour ma petite fête de début d'année, c'est ce week-end. Essaie de ne pas venir sapée comme ça en revanche. Salut !

Elle tourne les talons (de 10 centimètres, comment fait-elle pour tenir toute la journée avec ses échasses ?) et s'en va. Je l'entends ricaner en rembarrant un autre élève qui semble l'attendre derrière la porte. Je regarde le bout de papier qu'elle m'a donné, incrédule. Un flyer ? Dans quelle dimension de la planète Terre donne-t-on des flyers pour des soirées déjà ?

En sortant, je retrouve Armand et lui raconte cette conversation.

— Tu sais, c'est plutôt cool qu'elle t'invite alors qu'elle ne te connaît pas. Elle a l'air d'une petite peste mais elle se donne un genre.

— Ah bon ? On parle bien d'Harmony Sumer ? Elle a l'air superficielle et de tirer son nom d'un film porno où on met en scène Daphné du Scooby Gang.

Armand est pris d'un fou rire. Après s'être calmé, il me dit :

— Je crois qu'on va vraiment bien s'entendre. Tu sais ici, je connais tout le monde, mais de vrais amis ici, c'est dur à trouver.

— Oh tu abuses, tout le monde t'arrête dans les couloirs du lycée pour te parler. Cela étant dit, peut être que tu mériteras mon amitié, un jour. Sache que je suis une sauvage, je ne fais confiance à personne.

— Je ferai de mon mieux alors, répond-il en feignant une révérence ridiculement comique, tu viens avec moi à la fête alors ?

— Tu es invité ? je demande

— Me regarde pas comme ça, je suis invité partout moi. Il y aura sûrement des petits nouveaux sympas des environs. J'ai passé les vacances en Europe avec ma famille, je compte bien m'éclater et rencontrer les nouveaux arrivants.

— Je serai ta voix de la raison alors si tu fais des conneries.

— Ça marche, mais t'as pas intérêt à me casser la baraque si je suis sur un coup.

Je n'avais pas saisi sur le moment, mais j'ai bien entendu sa dernière phrase. Armand est gay. Beau comme un ange, et gay. Ouf, au moins il ne me harcèlera pas pour avoir autre chose que mon numéro de téléphone.

Sur le chemin du retour, il me pose des questions sur moi, quand j'étais en ville et mon passé, Je suis assez évasive sur le dernier sujet et il a la délicatesse de ne pas insister.

Il me raconte que sa famille est là depuis toujours mais qu'il voyage souvent et a visité beaucoup de pays. C'est passionnant. On échange nos numéros de téléphone sur le perron de la porte.

En arrivant à la maison, je me sens soulagée que la journée soit terminée. Heureusement qu'Armand était là. J'espère qu'il est sincère, contrairement aux « amis » que j'ai pu avoir et qui n'ont jamais appelé depuis l'été dernier.

Sur cette pensée, je dépose mes affaires et m'affale sur le sofa. Je suis seule à la maison, je vais peut-être en profiter pour mettre la musique à fond ?

* * * *

Mon père rentre tard du travail. Il était avec mon grand-père et mon oncle pour finaliser leur marché passé il y a quelques mois. Je viens le saluer et lui raconte ma journée. Il a l'air rassuré que je prenne un nouveau départ. Maintenant, il ne reste plus qu'à lui faire avaler la pilule de la « soirée spéciale rentrée » organisée par la reine des pestes.

— Papa, je sais que je ne le fais pas d'habitude, mais en parlant de nouveau départ : une fille du lycée m'a invitée à une soirée ce week-end pour fêter la rentrée. Je peux y aller ?

— Si tu rentres sobre et vers minuit, ça marche. Je sais que tu as 18 ans maintenant, mais la confiance, ça se gagne, souligne-t-il.

— OK… J'ai préparé à manger, c'est dans le frigo. Je monte, bonne nuit.

Papa voit juste. J'espère pouvoir tenir ma promesse et qu'il me fasse confiance à nouveau car je l'ai tellement déçu. C'est un sentiment tellement désagréable de voir cela dans son regard, lui qui prend tant soin de moi.

Une année à traîner dans la rue avec ces gosses de riches, à rentrer dans des états impossibles voire pas du tout… Cela ne me ressemblait pas mais à l'époque, j'avais besoin d'être quelqu'un d'autre, de vivre différemment, de ne plus être cette ado studieuse, toujours en noir et de faire partie d'un groupe. J'ai appris à mes dépens que ce n'était pas le choix le plus judicieux de ma courte vie.

* * * *

La semaine passe enfin et les autres lycéens ont fini de me regarder sous tous les angles. Certains se moquent, d'autres font des remarques dont je me fiche éperdument. Harmony se retrouve dans quelques cours avec moi mais j'ai plus l'impression qu'elle se paye ma tête qu'autre chose. Elle glousse sans arrêt, ce qui est insupportable mais je prends sur moi.

Armand quant à lui est adorable. Je pense que contrairement aux gens photoshoppés de mon lycée, il est sincère. En tout cas, je l'espère vraiment. Je me trompe souvent sur les gens, accordant parfois ma confiance trop rapidement, mais il y a des gens pour qui le courant passe tout de suite. C'est le cas pour Armand. Et puis à force de se faire trahir, on prend un peu de recul même si ça m'arrive encore de me tromper.

Chapitre 5
Dogs days are over

Week-end. Je pense à ce que je pourrai mettre ce soir, afin de clouer le bec à cette peste d'Harmony.

Mais d'abord, je prends le chemin de la marina en bus. Pour changer, j'ai mis une robe blanche avec une veste en jean et des bottines noires cloutées (on ne se refait pas).

À proximité des quais se trouve le siège de l'entreprise Veran Transport, créée par mon grand-père il y a au moins cinquante ans. C'est un petit bâtiment sobre de quatre étages, bien entretenu, blanc avec pas mal de baies vitrées.

D'après ce que j'ai compris, mon grand-père et mon oncle gèrent une compagnie maritime de transport de marchandises. Ils ont besoin de mon père pour reprendre avec son frère la société. D'autant plus que papa est avocat spécialisé en droit du commerce international, mais jusqu'à maintenant il travaillait dans son propre cabinet et s'occupait de Veran Transport en cas de besoin. C'est tout ce que j'ai pu intégrer en écoutant quelques-unes de leurs conversations sur le sujet. Ma famille ne parle pas souvent de la société, encore moins du vivant de ma grand-mère à l'époque.

J'entre dans les bureaux et y rencontre un petit homme replet et chauve accroché à son téléphone portable. Il me jette un regard noir et me fait signe de prendre l'ascenseur en secouant sa main. Je l'entends dire au téléphone « votre nièce est là je la fais monter ».

Arrivée au dernier étage, les portes s'ouvrent et mon oncle m'accueille avec un grand sourire, comme à son habitude. Il est beaucoup plus jeune que mon père, au moins une douzaine d'années et lui ressemble beaucoup, sauf les yeux noisette qu'il tient de ma défunte grand-mère.

— Salut, ma belle, comment va ma nièce préférée ?

— Salut, Ben, je vais bien, si ce n'est que tu n'as qu'une seule nièce.

— Tu as tellement changé depuis Noël dernier ! Une vraie petite femme. Au fait, j'espère que le vieux bouc qui me seconde ne t'a pas fait trop peur ? demande-t-il

— Il a l'air furieux. Je suis sûre que tu le rends déjà chèvre, sans vouloir faire de jeux de mots.

— Ah, Ah ! Exact, me dit-il en m'adressant un clin d'œil complice. Ce n'est pas parce que je suis un brillant, séduisant expert-comptable que je dois être aussi morose que lui. Il doit être incroyablement jaloux.

— Au moins... dis-je d'un air faussement entendu.

Nous rions de bon cœur ensemble. Oncle Ben est vraiment cool, même dans son costume tiré à quatre épingles. Il est aussi élégant que papa mais à sa manière. Son téléphone sonne et je l'entends narguer son « assistant » et il m'indique du doigt le bureau de mon grand-père. Je toque à la porte. Celui-ci m'accueille en me serrant chaleureusement dans ses bras. Mon grand-père est un homme adorable, aussi gentil et patient qu'est mon père. Il a environ 74 ans mais en paraît moins. Il a une crinière blanche et bouclée sur la tête, une peau ridée et basanée comme moi et les lunettes au bout du nez comme à son habitude.

Malgré son âge, ses yeux sont toujours pétillants de malice comme Ben. Ses vêtements sont un peu plus décontractés que ses fils car il a toujours eu horreur des costumes. D'ailleurs, il se balade pieds nus comme s'il partait à la pêche, ce qui me fait rire.

— Entre ma chérie ! Tu es magnifique. Je suis content de te revoir, c'est vrai que nous n'avons pas eu l'occasion de nous parler depuis que vous êtes revenus à Montebello.

— Salut, Papi, dis-je, c'est cool de revenir ici, la ville ne me manquera pas. Ça a l'air tranquille ici, du peu de souvenirs que j'en ai.

— Tu t'en feras de meilleurs ma chérie.

— De meilleurs ? je lui demande.

Il s'écarte de moi et change de sujet. Il me propose à boire et nous discutons pendant quelque temps. Son chien, Woody, est dans le bureau et me renifle les pieds. Je lui caresse la tête. Il remue la queue, tout content de cette attention.

— Il t'adore ce chien, dit mon grand-père. Le collaborateur de Bénédict le déteste et trouve ça « pas hygiénique » de l'avoir dans nos pattes. Tu sais, Woody est gentil mais il sent les mauvaises personnes, ce gars je le sens pas.

— Je n'y connais rien Papi. Woody doit avoir sûrement de meilleurs capteurs que moi, je me trompe souvent sur les gens.

— J'espère que tu en auras tiré des leçons ma chérie. L'essentiel c'est que tu repartes bon pied bon œil. Dis-moi, me rendrais-tu un petit service ? Bénédict a l'air occupé et j'ai une conférence téléphonique des plus ennuyeuses qui m'attend.

J'accepte sans réfléchir. Je ferai tout pour lui.

* * * *

Toutefois, sortir Woody n'était pas la chose à laquelle je m'attendais, dans la mesure où : 1. il n'écoute rien, 2. je pensais que je serais investie d'une mission super importante, du genre classer les papiers, faire la secrétaire. Comme quand j'étais plus jeune. Je balade donc le chien, enfin, c'est plutôt lui qui me promène. Cet animal malgré son apparence sympathique de golden retriever a une force incroyable.

Soudain, au bout de sa laisse, il dresse l'oreille, alerte. Je l'appelle en pensant qu'il m'obéira.

— Woody, Woody, arrête… Aaah !

Mais il est trop tard. Il tire tellement fort sur la laisse que celle-ci finit par céder et je tombe à la renverse sur le pont. Ma dignité en prend un coup, je me relève avec difficulté en ramassant mes affaires qui se sont échappées de mon sac à dos. Ouille… Je me frotte mon bras endolori d'un air rageur.

Je vois le chien qui se dirige vers le centre-ville où se dresse un petit marché et je cours à sa poursuite, furieuse. Heureusement que la ville n'est pas immense… En effectuant ce sprint, je le maudis jusqu'à sa 110e génération d'imbécile de golden retriever et fonce tête baissée dans la foule à la recherche du fuyard. Mais où est-il ? J'espère qu'il ne va pas plonger dans l'eau non plus et que… Aaah !

Je m'écrase lamentablement contre quelqu'un qui m'attrape dans sa chute. Deux chutes en dix minutes, super… J'atterris sur un torse dur comme de la pierre, entourée par des bras puissants. En levant la tête, mon regard croise un regard bleu acier. Je m'exclame, surprise :

— Adrian !

— Salut, Reika, tu t'entraînes pour un entraînement de rugby ? Ouah ! Bon sang tu m'as fait un de ces placages !

Je ne sais pas s'il est en colère ou mal à l'aise, je suis par terre, la tête sur sa poitrine, mortifiée. Je me relève (encore) à l'aide de mes bras et essaie tant bien que mal de l'aider à en faire de même. Je bafouille, morte de honte :

— Je suis vraiment désolée Adrian, je courais après cet imbécile de golden retriever qui s'est sauvé… C'est le chien de mon grand-père et j'espère qu'il n'ira pas loin, il l'adore et, et…

Je ne sais pas pourquoi, je sens les larmes me monter aux yeux, comme une gosse. Sûrement de colère, de honte, et de peur que mon grand-père ne retrouve jamais son animal. Il l'a depuis la mort de ma grand-mère, le perdre est donc pour moi hors de question. Qu'est-ce que je vais lui dire si je ne le retrouve pas ? Je suis une piètre pet-sitter.

Adrian s'avance vers moi, il sourit d'un air amusé. Comme Armand, il a un beau sourire, rassurant. Il a la sympathie de ne pas se moquer de moi cette fois-ci. C'est vraiment gentil de sa part.

— Je vais le chercher avec toi Reika, t'inquiète pas. Laisse-moi remettre mes côtes en place.

— Merci… Tu sais, ce n'est pas tant le chien qui m'embête mais je sais que mon grand-père serait vraiment affecté de le perdre.

Je lui explique la raison, il m'écoute patiemment en marchant à mes côtés silencieusement. Adrian s'arrête et regarde les alentours. J'en profite discrètement pour l'observer. Aujourd'hui, il a une petite barbe naissante et les cheveux en bataille comme d'habitude, toujours élégant sans en faire des tonnes, un jean et un t-shirt blanc en col V et des Converses. Ce serait tellement basique si ce n'était pas Adrian qui le portait.

Mais qu'est-ce que je raconte ?

Il finit par s'en rendre compte et reporte ses grands yeux bleu gris sur moi.

— Désolée, dis-je, confuse. Au fait...

— Je vois Woody, me coupe-t-il, il est en train de patauger dans la fontaine là-bas, tu vois ? J'espère que c'est bien lui.

Adrian, l'art de changer de sujet. Effectivement, le golden retriever était en train de patauger joyeusement dans la grande fontaine de la place du marché. Je finis par l'attraper par le collier et tente de le ramener sur les quais. Adrian m'aide et Woody se laisse faire en remuant la queue. Je repense à ce que mon grand-père m'a dit. Je lui adresse un sourire gêné.

Une fois le chien remis en sécurité auprès de ma famille, je décide de partir après cette course poursuite. Mon grand-père et Ben remercient Adrian. Ils en profitent pour se moquer tous les trois copieusement de moi, si je pouvais rougir, je serais rouge pivoine à l'heure qu'il est. La famille, toujours là pour vous... Mon œil !

Après avoir fini d'écouter leurs blagues lourdes, Adrian finit par me proposer entre deux blagues :

— Tu veux que je te raccompagne ? Ma voiture est garée un peu plus loin.

— Je te remercie, ça m'évitera d'attendre le bus, je réponds.

Sur le chemin, Adrian a repris son sérieux et ne dit pas un mot. Moi non plus d'ailleurs... Installés dans sa voiture, un des derniers modèles de Honda Civic, je lui donne mon adresse. Pendant qu'il rentre l'adresse sur son GPS, je prends la parole :

— Que faisais-tu dans le coin ?

— Je suis allé à la banque, et quand je suis sorti, tu m'es rentrée dedans.

— Encore désolée. J'espère que je ne t'ai pas fait mal.

Il fait un petit rire et me répond :

« Non, mais ça surprend. Tu m'as brisé les côtes mais ça va. On est arrivés chez toi. »

Effectivement, nous sommes devant ma maison. Je fais mine de sortir de la voiture mais je me rassois. Prenant mon courage à deux mains, je lui dis :

— Que fais-tu ce soir ?

— Pardon ? demande-t-il, comme si je lui avais demandé de m'épouser.

— Bah, que fais-tu ce soir ? Il y a une fête. Chez une pimbêche, Harmony. Tu viendrais où tu es trop vieux et trop sage pour ces enfantillages ?

— J'en sais rien. C'est pas trop mon truc les fêtes. Je vais y réfléchir.

— Moi non plus, enfin moins maintenant en fait.

Il ne répond pas, comme si je n'avais rien dit du tout. Déçue, je sors de la voiture. Je voulais le remercier pour son aide et voilà comment il refuse que je lui rende la pareille ! Quel goujat !

« Au fait, Harmony Sumer n'est pas si pimbêche que ça. On est sorti ensemble à un moment, elle n'était pas comme ça, déclare-t-il »

Quoi ? La plus longue phrase d'Adrian de la journée m'a littéralement coupé le sifflet. Devant mon air ahuri, il me souhaite une bonne journée avec un petit sourire en coin et redémarre sa voiture comme si de rien n'était. C'était quoi ça ? Je bouillonne intérieurement.

S'il aime ce genre de fille, très bien, ça ne m'étonne pas. Je claque la porte de la voiture, un peu trop fort d'ailleurs pour que ça ait l'air maladroit et je le salue sèchement. Il se contente de me faire signe de la main et part.

Je pensais qu'il était plutôt le garçon mystérieux qui sortait avec des filles intelligentes, classes, pleines de grâce, des filles de bonne famille. Rien à voir avec Harmony qui se prend pour la reine du bal du lycée. Je me renfrogne en rentrant chez moi.

Pourquoi est-il toujours aussi sec, sarcastique ? Et on dit que c'est moi qui suis bizarre ?

Chapitre 6
It's a kind of magic

Je descends de ma chambre fin prête pour la soirée. Il est 21 heures. J'ai lissé mes cheveux pour l'occasion, fais un smocky eyes et en fouillant dans mon dressing, j'ai retrouvé une robe patineuse bordeaux de créateur. Je l'agrémente d'un collier ras de cou et quelques bracelets. Ça devrait aller. Une paire d'escarpins Vivienne Westwood et le tour est joué.

Mon père vient juste de rentrer, il écoute Queen en lisant sa paperasse du travail. Il me dit que je suis superbe et me rappelle le couvre-feu.

Harmony habite dans une résidence pas loin de la marina, Armand m'attend en bas de chez moi. Il est superbe, un jean avec une veste de costume taillée sur mesure et il a troqué ses bretelles quotidiennes pour un nœud papillon. Nous y allons à pied. Il met mon bras sous le sien et me met de bonne humeur.

— Vous êtes divine mademoiselle !

— Pareillement monsieur, quelle joie d'avoir un cavalier tel que vous !

— Merci beaucoup, j'imagine que c'est un honneur pour vous…

Je lui donne un coup de hanche en le traitant de prétentieux et finissons notre chemin en parlant littérature. Ce qui est bien avec Armand, malgré qu'il raconte des sottises la plupart du temps, il semble très cultivé et parle avec passion de ce qu'il aime. C'est un réel plaisir de l'écouter.

Arrivés dans une superbe villa de plain-pied avec une immense piscine, beaucoup de lycéens, étudiants sont là et ont l'air de s'amuser. La musique est forte, pas ce que j'écoute habituellement, mais c'est passable.

Un garçon de mon âge semble se faire importuner par des bellâtres que j'ai déjà vus au lycée.

— On veut pas de toi ici, dit l'un deux,

— Mais la fête d'Harmony c'est pour tout le lycée, proteste le malheureux.

— Allez casse-toi, pas de nazes ici assène l'un d'eux.

La bande d'idiots se moque de lui en le bousculant. Il me fait un peu de peine, je viens à la rencontre des sportifs à la manque en les apostrophant :

— Hé ! Laissez-le tranquille !

— Ça te regarde pas, toi la nouvelle, dit un grand métis musclé.

— La nouvelle a un grand cœur on dirait, rit un autre

Celui-ci est grand, châtain clair et fait vraiment pub pour mannequin. Je le fusille du regard.

Harmony arrive, impeccable, dans une robe fourreau vert émeraude, assortie à ses yeux.

— C'est bon, laissez tomber les gars, dit-elle.

— Merci Harmony, merci beaucoup, tu sais que tu es très…

— Vas-y entre si tu veux, coupe-t-elle sans prêter attention au jeune homme.

Il la scrute avidement et rentre dans la villa. Elle s'approche de moi :

— Tiens salut la « nouvelle », tu me surprends, tu es bien habillée pour une fois.

— Merci, lui répondis-je, toi aussi.

— Je sais. Contrairement à ta robe qui date d'au moins deux ans, celle que je porte a été vue à la fashion week cette année. Enfin bref, bienvenue, amuse-toi. Salut Armand, ça va toi ?

— Oui ma belle, comme toujours. J'espère que tu as de nouvelles têtes pour moi.

Armand. Je vais finir par croire que c'est un vrai chasseur. Comme s'il lisait dans mes pensées, il se retourne et dit :

— Que veux-tu Rei, je suis un séducteur né. Mais n'oublie pas, tu es ma voix de la sagesse. Viens, on entre.

La fête bat déjà son plein et j'observe tout ce beau monde. J'ai déjà bu deux verres afin d'être plus détendue. Ça me rappelle des souvenirs où c'était plutôt moi qui me donnais en spectacle. Rien que d'y penser je crois que je serai morte de honte depuis le temps. Aujourd'hui, ça me paraît plus pathétique qu'autre chose.

Harmony papillonne parmi les invités, elle prend les compliments avec son sourire de mannequin et se fait draguer par plusieurs garçons. Le petit chétif de tout à l'heure la suit partout sans qu'elle ne le remarque.

« Hé la nouvelle ! »

C'est encore le mannequin au rabais de tout à l'heure. Il se poste devant moi en posant sa main sur mon épaule, l'air goguenard. Je rêve où il compte me draguer celui-là ?

— C'est sympa de te voir comme ça, ça change de tes t-shirts grunges et ton look noir.

— Je dois le prendre comme un compliment ? dis-je, cassante.

— Ouais – il me prend la main –, tu danses ?

— Non.

— Ouah, tu es directe, remarque-t-il, c'est marrant. Allez, juste une danse et j'irai draguer une autre nana.

— Bon OK, mais après tu me lâches, je soupire.

Il m'entraîne sur la terrasse où la musique est encore plus forte. Il y a une musique qui démarre assez entraînante. J'avais vu le clip à la télé il y a quelques jours, des filles sur un chantier, il me semble. Armand avait adoré les ouvriers d'ailleurs.

— Au fait, moi c'est Tristan.

— Reika. Et je ne sais pas danser, ai-je répondu en espérant le décourager.

— Je suis sûr que si, rit-il.

Il me prend par surprise par la taille et commence à bouger. Il sourit bêtement en tournant autour de moi en faisant mine de m'encourager. J'avoue qu'il danse assez bien pour un garçon. Je finis par lui adresser un sourire poli et je suis ses pas. En le regardant de plus près, je dois avouer qu'il a un charme certain. Cheveux châtain clair parfaitement coiffés, des yeux marron, un corps visiblement musclé et bien habillé. Mais c'est un peu comme Harmony, les gens parfaitement impeccables comme ça, je trouve ça flippant. Il n'y a rien qui dépasse, aucune tâche. Je me suis déjà fait prendre à ce jeu avec Max, on ne m'y reprendra plus.

Le fameux Tristan ne dépasse pas la limite, bien que je le sente déjà bien plus alcoolisé que moi. De temps en temps, je l'écarte doucement du bras afin qu'il ne se fasse pas d'idée. Je surveille d'un coin de l'œil Armand qui discute au bar avec deux garçons, suspendus à ses lèvres.

Deux ou trois chansons plus tard, je me sens oppressée et finis par remarquer qu'on m'observe. Assis sur une chaise plus loin, j'aperçois Adrian en train de m'observer d'un regard flamboyant, les bras croisés. A-t-il bu ? J'ai l'impression que ses yeux lancent des éclairs. Je vois Harmony s'approcher de lui, échanger quelques mots et elle repart avec son cavalier de la soirée. À sa vue, je me stoppe net.

Il m'a vue danser... Depuis combien de temps il me regarde ? Il semble furieux mais je me demande si ce n'est pas le fruit de mon imagination. Je vais finir par le plaindre à force de me voir dans des situations étranges.

— Tu veux plus danser ? demande Tristan

— Non plus vraiment, dis-je.

— C'était sympa en tout cas – il s'approche de mon oreille et chuchote – à un de ces quatre, la nouvelle.

Sourire poli. Adrian se lève et a l'air de quitter la fête. Je regarde l'heure. 23 h 30. Je dois rentrer. Je retrouve Armand, hilare en compagnie de deux autres garçons en admiration devant lui. Je lui fais signe et je comprends que tout va bien pour lui. Je prends mes affaires et je viens lui souhaiter une bonne soirée en lui chuchotant de ne pas faire de bêtises.

— T'inquiète pas ma chérie.

— Envoie-moi un SMS quand t'es rentré.

Je l'embrasse sur la joue, il me regarde surpris et m'adresse un grand sourire. Je quitte la fête à la hâte.

Dehors, je trouve Adrian, marchant à grands pas. Ça tombe bien, c'est en direction de chez moi. Je cours derrière lui en l'appelant mais il ne répond pas. Énervée, je me plante devant lui :

— Tu m'ignores ?

Il me regarde, l'air crispé :

— Euh... non.

Le mensonge éhonté ! Je me fâche :

— Pourquoi ?

— Laisse tomber.

— On ne peut pas parler avec toi c'est dingue. Pourquoi es-tu sur la défensive ? Qu'est-ce que je t'ai fait ?

— Rien.

— C'est parce que je danse et que je m'amuse, ça te dérange ? J'ai bien cru que tu allais me pulvériser avec tes yeux.

Touché. Je ne suis pas si paranoïaque que cela alors. Il hésite un instant.

— Non, répond-il. C'est juste que Tristan est bien connu pour être un coureur, il ne veut qu'une chose.

— Sûrement. Mais je n'ai fait que danser avec lui. Pourquoi, mon sort t'intéresse ?

— Non. C'est juste un pauvre type, déclare-t-il. Je ne sais même pas pourquoi il est venu. Enfin si j'en ai une vague idée. C'est un prédateur.

— Et alors ? Je dois vraiment commenter le fait que tu sois sortie avec Harmony, la fille parfaite, aux cheveux parfaits, à la robe « haute couture » blablabla ? Tu m'as plantée tout à l'heure comme une imbécile et tu viens à sa fête sans me le dire. C'était par politesse, cette invitation.

— Tu l'imites bien dis donc. Harmony, c'est une amie. Je lui avais déjà dit oui. Et je n'ai pas ton numéro de téléphone.

— Oui, j'imagine. Dans votre monde, on ne mélange pas les torchons et les serviettes, j'ai bien compris.

— Qu'est-ce que ça veut dire ? D'où sors-tu cette expression ? demande-t-il, moqueur.

— Tu remercieras mon père pour ça. Enfin bref, les mecs comme toi sont avec des Harmony. Les Tristan se tapent tout ce qui bouge. Parfait. C'est bien pour ça que je me suis fait qu'un seul copain à des kilomètres car il se fout que je sois habillée avec une robe passée de mode ou des vêtements qui ne correspondent pas aux attentes de vos parfaites petites tenues. Je pensais que ce serait différent ici. Mais je me trompe. Et tu n'es pas mieux que les autres !

Je lui tourne le dos en le laissant abasourdi et accélère le pas. Ma soirée est gâchée et j'ai perdu du temps. Je regarde mon portable : 23 h 45. Un sentiment de rage me serre le cœur. Je suis tellement déçue, pas par ces clones bien fringués mais par Adrian. Je pensais qu'il avait plus d'esprit que ça mais je me trompais. Je pensais qu'il était comme Armand, sincère. Armand est-il la seule personne normale ici ?

Je mets mes écouteurs en mettant un son de métal à plein volume pour me vider la tête en marchant le plus vite possible.

Arrivée devant chez moi, je me retourne, et je vois Adrian, furieux, qui m'arrache les écouteurs des oreilles. Essoufflés, on se scrute. La tension est palpable entre nous. Je suis prête à lui sauter à la gorge s'il me touche.

— Écoute-moi bien Reika. Je ne sais pas pour qui tu me prends, mais je ne suis certainement pas comme eux. Déjà, ils sont immatures comme c'est pas permis, et moi je suis peut-être déjà vieux avant l'heure pour eux. Mais Harmony est mon amie, amie d'enfance, oui nous sommes sortis ensemble mais ça n'a pas duré et ça date d'il y a au moins 4 ans. Elle a beaucoup changé car avant elle était un peu comme toi, ce n'était pas la « star » même si ses parents sont super friqués. C'est sa façon d'exister, ça la concerne. J'en ai rien à foutre. Je suis venu pour elle, mais je pensais pas non plus te voir avant de te regarder te trémousser avec Tristan. Et je n'ai pas envie que tu fasses comme toutes ces filles qui se font éblouir et finalement se retrouvent comme des connes. Voilà.

Je reste bouche bée. Après quelques secondes de flottement, je romps le silence en croisant les bras d'un air satisfait :

— Donc tu as peur pour moi ?

— Oui, enfin dans le sens où ce serait bête de te ridiculiser ou de mal vivre ce genre d'histoire. Toutes les nouvelles, enfin presque toutes, ont vécu ça. Ce genre de comportement chez les mecs comme lui me file la gerbe.

— Tu préviens toutes les filles alors ? Ou c'est parce que tu tiens à moi ?

Merde. Cette phrase n'était pas censée sortir de mon esprit. Surpris, Adrian me regarde, hésite et dit :

— Ne t'embarque pas dans ce genre de truc. J'en connais qui ont souffert. C'est tout.

— Ah ! répondis-je, avec une pointe de déception dans la voix. Je comprends. Mais ne t'inquiète pas, je sais ce que je fais. Si nous étions amis, je t'aurais expliqué pourquoi.

— On est pas amis alors ?

« Alors ça pas question », dit une voix dans ma tête.

— Je… Laisse tomber. Merci d'avoir veillé sur moi. Mais je suis une grande fille, tu sais. On est pas dans un film débile où tu dois constamment me protéger contre les vilains méchants. J'ai connu pire que Tristan, crois-moi.

Il rit en secouant doucement la tête. C'est la première fois que je l'entends rire, si franchement. Je ne peux m'empêcher de sourire.

— Bonne nuit, Adrian… Au plaisir de te revoir un de ces quatre.

— Bonne nuit, Rei.

Je monte discrètement les escaliers pour ne pas réveiller mon père et lui laisse un petit mot pour demain matin. Cette soirée n'était pas idéale, mais j'ai tenu parole et je pense avoir un peu mieux compris le « cas » Adrian. Peut-être pourrions-nous nous entendre. Quoique, avec ce sale caractère... Cela nous fait au moins un point en commun.

S'il était moins agaçant et suffisant quand il me jette ses remarques sarcastiques au visage, nous pourrions mieux communiquer. Pourtant, il n'y a qu'une chose de positive que j'ai pu retenir ce soir.

Il m'a appelé Rei.

Chapitre 7
Abigaël

Les vacances d'automne approchent. Harmony a l'air de s'être désintéressée de moi depuis qu'elle roucoule avec un bellâtre de l'équipe de basket-ball du lycée. Le grand métis de la soirée qui accompagnait Tristan. Plutôt pas mal, elle a au moins un bon goût esthétique. Mais pour ce qui est du reste, on repassera.

Pour le moment, mes notes sont correctes et Armand vient souvent à la maison. Soit pour m'aider en histoire (c'est un crack dans cette matière), ou le plus souvent discuter, jouer aux jeux vidéo.

J'aimais déjà y jouer avant mais on passe pas mal de temps à geeker après les cours. Armand adore les « vieilles consoles » et en a une impressionnante collection chez lui. J'ai pu m'en rendre compte lorsqu'il m'invite de temps en temps. Il préfère venir chez moi car il est souvent seul chez lui.

J'ai pu cependant rencontrer sa famille, ses parents sont journalistes et voyagent partout dans le monde. Je comprends d'où vient son goût pour ça. Ils sont aussi gentils que lui, ils me font penser à la mère d'Adrian, Robyn. Le genre de personne qui vous met à l'aise et que vous aimez tout de suite.

Armand est la copie conforme de son père et sont tous les trois très complices. Pour les vacances, ils partiront en Europe. Comme je les envie.

Mon programme pour les vacances fait moins rêver. J'ai besoin de m'occuper, à défaut de faire la fête. Sans Armand, cela n'a pas d'intérêt. Mon père m'a suggéré de faire du bénévolat pour les vacances. Nous avons fait quelques recherches et j'ai trouvé un endroit idéal : un foyer de vie pour jeunes personnes handicapées. Le foyer est à quelques arrêts de bus de la maison, un peu excentré du centre-ville. L'endroit est superbe, verdoyant.

Le premier jour, la directrice de l'établissement m'a fait faire le tour des chambres, salles communes, et présenté tous les résidents qui me parlent tous et m'appellent « Eka » pour la plupart. Ce sont principalement des personnes ayant un retard mental, pour certains ils sont autonomes, il y a quelques autistes également. Ils sont tous très gentils, de grands enfants en somme. J'appréhendais mais l'ambiance ici est conviviale et les employés du foyer sont aussi sympathiques.

Une jeune fille, qui doit avoir quelques années de moins que moi, attire mon attention. Elle est petite, de longs cheveux blond vénitien et des grands yeux bleu gris. Son air enfantin et candide la rend adorable. Elle vient vers moi, me montre la poupée qu'elle tient dans les mains.

La directrice me fait un signe de tête, alors je me présente, nous jouons donc ensemble, elle me montre sa chambre avec ses dessins. Il y en a de très beaux, quelques peintures à l'aquarelle.

Elle veut que je lui lise une histoire. Je regarde dans ses bouquins, et elle choisit d'office la belle et la bête. Ça tombe bien, c'est mon histoire préférée. Elle s'assoit sur son lit et je commence la lecture.

— Abi veut être une princesse, déclare-t-elle à la fin du récit.

— Ce serait chouette, tu ne trouves pas ? Pourquoi aimerais-tu en être une ?

— Pour porter des robes, être belle !

— Mais tu les déjà, lui dis-je.

— Oui, mais Abi veut être une princesse comme toi.

Je ris de bon cœur. Abi aime les jupes bouffantes comme celle que je porte aujourd'hui.

— Toutes les filles sont des princesses, tu sais.

— Maman aussi ?

— Je suis sûre que oui, lui dis-je en lui adressant un clin d'œil.

Elle essaie de m'imiter en faisant une grimace improbable et nous rions ensemble. Qu'est-ce qu'elle est mignonne !

Tout à coup, elle bondit de son lit :

« Tu es là !! Ady !! »

Je me retourne. Ce n'est pas possible.

Pourtant, c'est bien lui. Adrian arrive avec un paquet et prend la jeune fille dans ses bras. Il sourit, un sourire sincère et pour une fois, je peux voir le bonheur sur son visage. Il desserre son étreinte d'Abi et se tourne vers moi.

— Salut Reika – on a régressé visiblement – c'est ma sœur, Abigaël, appelle la Abi ça lui fera plaisir.

— C'est ta chérie ? demande Abi, pas gênée du tout

Je plonge aussitôt mon regard dans le livre, morte de honte, comme si je n'avais rien entendu.

— Non, s'empresse de répondre Adrian, c'est une amie.

— C'est l'amie de Abi aussi !

— Oui ma belle. Regarde ce que j'ai apporté !

Il déballe un CD et le donne à sa sœur. On a l'impression qu'il lui a apporté un trésor. Elle se jette à son cou en se précipitant sur sa chaîne hi-fi pour mettre la musique. Des mélodies de piano, puis de guitare sèche. C'est très beau. Je lui fais la remarque :

— C'est sympa le CD, où l'as-tu acheté ?

— C'est moi. Enfin je veux dire, la musique que tu entends, c'est la mienne, je joue de plusieurs instruments. Abi a toujours été sensible à la musique et je lui fais des petites « compilations » on va dire. Elle aime beaucoup.

— Abi aime beaucoup, répète Abigaël en tapant des mains. C'est beau !

— Oui, ai-je acquiescé, tu as l'air doué.

Adrian se contente de hausser les épaules d'un air désinvolte.

Nous restons tout l'après-midi avec elle et assistons aux activités de groupe. C'est comique de voir Adrian participer au spectacle de marionnette avec la monitrice de l'atelier qui nous montre comment les assembler. Abi est aux anges. À la fin de la journée, Adrian prend une dernière fois sa sœur dans ses bras pour lui dire au revoir.

— Papa et maman viennent te chercher vendredi ma belle, ils vont t'emmener à la mer, mais Ady ne sera pas là, tu comprends ? Je repasse te voir demain et après on se revoit la semaine d'après d'accord ?

— Pas d'accord, pleurniche Abi.

— Ils travaillent Abi, Papa et moi passons la journée avec toi demain, promis juré.

— OK, sourit-elle.

Nous sortons du centre. Avant de lui poser une foule de questions, Adrian prend la parole le premier :

— Abi t'a à la bonne, je crois. Elle est plutôt méfiante en général avec les inconnus.

— Ouais elle est cool, me suis-je contenté de dire. Quel âge a-t-elle ?

— 14 ans. Mais mentalement, 7 ou 8 ans. Elle a eu des problèmes à sa naissance... ça a été dur pour nous tous. Mais Abi est un rayon de soleil, on s'est battus pour qu'elle soit aussi bien aujourd'hui. Tu as vu ? Elle se débrouille bien.

Il a l'air tout fier en disant cela. Son lien avec sa sœur semble très fort. J'aurais aimé moi aussi connaître cette expérience. Je lui demande :

— Ça ne te manque pas de l'avoir à la maison ? Vous avez l'air si proche.

— Si... Mais on ne se rendait pas service. Elle ne me parlait qu'à moi et n'approchait personne. J'avais tendance à la surprotéger... Ce centre pour elle, c'est comme une colonie de vacances et vu que mon père est très bientôt à la retraite, maintenant on peut encore plus passer de moments en famille. C'est cool. Enfin il faut le voir comme ça.

Il me raconte plus en détail son histoire. Ils sont très fusionnels tous les deux mais Abi avait besoin de s'ouvrir aux autres et lui de vivre sa vie d'ado puis de jeune adulte. Je le regarde me parler d'elle et je ne ressens pas de la pitié, mais je vois Adrian différemment maintenant. Il ne me paraît plus aussi froid et distant qu'avant. Finalement, cette carapace qu'il s'est forgée et sa façon d'être sont logiques compte tenu de son parcours.

— Je trouve votre histoire touchante. Comme j'aurais aimé avoir une famille unie comme la tienne.

— Tu as ton père, ton oncle et ton grand-père, remarque-t-il.

— C'est vrai mais d'un côté, je suis un peu seule. La première petite fille, enfant unique, aucune autre femme à l'horizon dans ma famille...

— Je comprends. On est un peu seuls tous les deux en somme. Seul fils, baladé de pays en pays, des parents qui passent beaucoup de temps au travail ou ailleurs…

En me raccompagnant en voiture, il finit par s'arrêter. Pour la première fois, je le vois plus accessible et je me rends compte que je ne lui ai pas non plus tout dit sur moi. Pour le moment, je ne me sens pas vraiment prête à le faire avec qui que ce soit. Et je me sens comme une amie à qui on peut se confier. Ce n'est pas comme Armand bien entendu, mais c'est spécial aussi.

Je le remercie encore. Cette fois-ci, je lui propose d'entrer. Mon père, de passage, lui serre brièvement la main et retourne au bureau pour voir Ben. Quelle bande de bourreaux de travail ces deux-là.

— Je te vois différemment aujourd'hui Adrian. Et j'ai apprécié que tu me parles. Le fais-tu souvent, enfin te confies-tu à certaines personnes ? Tu m'as dit tout à l'heure que tu étais un peu « seul ».

— Rarement. On va dire que ma famille ne compte pas puisqu'on parle forcément d'Abi. J'ai quelques copains ici mais on s'étale pas sur le sujet. Je parle parfois avec Harmony. C'est la seule fille de mon entourage d'ailleurs. Avec toi maintenant.

Cette remarque n'est pas forcément plaisante. Je rebondis sur autre chose pour éviter le sujet :

— Alors, on est ami maintenant ? Allez, ne fait pas cette tête, tu l'as dit à Abi. Si tu me dis non, je lui dirai que son frère est un petit menteur.

— OK, sourit-il, amusé. Si ça peut te faire plaisir.

— Genre… Fais donc le fier, tiens. Du coup, mon ami, me fera-t-il une super compil ? C'était mon anniversaire il y a quelques mois.

— Tu écouterais ? Parce que parfois avec ta musique de sauvage, on ne sait jamais... ironise-t-il

— J'écoute beaucoup de choses différentes Adrian, contrairement à ce que tu crois. Tu pourrais être très étonné. Si tu me connaissais mieux, tu ne dirais pas autant de bêtises à mon sujet. Je suis une personne avec de multiples facettes, ai-je plaisanté.

— C'est d'accord. J'aimerais les voir un jour, qui sait ça pourrait être bien. Bonne soirée, Reika.

Spontanément, il se penche vers moi et m'embrasse maladroitement la joue et fait volte-face sans demander son reste. Je déglutis, surprise de ce geste. Les amis font-ils ça ? Armand le fait, enfin il fait la bise « à la française » comme il dit.

Est-ce qu'il le fait avec Harmony ?

Chapitre 8
Tristan

Après deux semaines de bénévolat, la directrice du centre d'Abigaël me remercie et me fait une lettre de recommandation en me promettant un stage rémunéré pour les prochaines vacances. La petite sœur d'Adrian me serre dans ses bras et m'attache un bracelet tressé que nous avons fait ensemble en atelier, quelques jours auparavant. Il est bleu et violet, mes couleurs préférées.

Émue, je la prends à nouveau dans mes bras. C'est vraiment une belle personne, adorable, authentique, comme il en existe peu dans ce monde.

Demain, je dois reprendre les cours et finir la lecture d'un bouquin de littérature ennuyeux à mourir. Pourtant j'adore lire mais celui-ci agit comme un puissant somnifère. J'aimais mieux lire les contes de Perrault à la petite sœur d'Adrian. Allongée sur mon lit, j'écoute « We sink » d'Of monster and men, un de mes groupes préférés (avec Muse bien entendu) et pense à Abi et Adrian.

Mon téléphone vibre. Armand se plaint du livre qu'il a à peine entamé. Je finis par l'appeler en lui disant que je lui prêterai ma fiche de lecture demain avant le contrôle.

— Dis-moi Rei, tu n'as pas beaucoup donné de nouvelles mais j'ai hâte de te voir demain ! Je dois te raconter toutes mes vacances. Tu t'es bien éclatée ?

— Oui et non, j'ai fait du bénévolat, j'ai rencontré la sœur d'Adrian qui est super

— Ha oui Abigaël, elle est mimi. Tu as concrétisé avec Adrian ?

— Quoi ? Tu rêves mon pauvre ami, je lui réponds. C'est juste mon copain. Comme toi.

— Ouais c'est ça, rit-il, mais moi bien que je te trouve divine, tu n'es pas mon type d'homme.

— Pauvre mec va, je réplique.

Je l'entends rire de nouveau. Nous nous disons à demain et je raccroche.

Adrian et moi ? La blague. Je chasse cette pensée et l'enterre dans un coin de mon esprit. Armand a vraiment le chic pour mettre les pieds dans le plat.

Après une nuit agitée, je reprends le chemin des cours.

Cette nuit, j'ai encore fait l'éternel cauchemar que je fais depuis des années. Il fait sombre, l'air est lourd. Je peine à respirer. Cette sensation est vraiment désagréable…

Ensuite, j'entends ces rires, ces cris et des mains surgissent de l'obscurité pour m'attraper. On arrache mes vêtements, on me tire les cheveux… Je pleure, supplie pour que ça s'arrête et une main se pose sur ma bouche. Puis, je me sens étouffé, j'essaie de hurler, de me défendre. On hurle mon prénom et je me réveille en sueur, paniquée. Cela arrive de plus en plus fréquemment ces derniers temps…

Arrivée au lycée, je prête mes cours à Armand, qui évidemment n'a rien préparé du tout. Nous passons une journée calme, comme d'habitude. À Montebello, il ne se passe rien de spécial visiblement, hormis les fêtes d'Harmony, du lycée, les fêtes de la ville, le marché et encore.

Sur le chemin du retour, Armand me raconte ses exploits, il est parti une semaine en Italie avec ses parents mais a bien profité du soleil et surtout, de quelques italiens dans des clubs branchés. Ses parents sont vraiment cool et connaissent les bonnes personnes apparemment car je ne pense pas que mon père m'aurait autorisé ce genre de voyage de débauche, réflexion faite. De toute façon, il ne savait pas grand-chose des fêtes que j'ai pu faire avant et encore heureux, sinon il aurait fait une syncope. Cette fois-ci, je le raccompagne chez lui et fais le chemin du retour seule.

Je me plonge dans une autre chanson d'Of monster and men, en chantonnant.

Quelqu'un vient à ma rencontre. Un grand aux yeux bruns.

Je mets quelques secondes à me souvenir de la soirée d'Harmony. C'est Tristan. Ses cheveux se sont éclaircis et sa peau est plus bronzée que d'habitude.

— Salut Reika ! Tu t'es perdue ?

Je le toise froidement et m'écarte de lui pour passer mon chemin. Devant son insistance à me barrer le passage, je réponds sèchement :

— Non je rentre chez moi. Tu me suis maintenant ?

— J'étais dans le coin, ment-il. Je rentre des cours moi aussi. Dis-moi, quand est-ce que tu sors avec moi ?

Hein ? Il est sérieux ce type ? Je l'avais presque oublié après la fête de Miss Parfaite il y a deux mois de cela. Cela étant dit, j'essaie d'éviter les endroits où il traîne avec ces imbéciles de copains sous peine de recevoir des remarques lourdingues ou graveleuses. À croire que ce sont de vrais animaux. Et encore, j'insulte toute l'espèce animale en pensant cela.

Je lui lance :

— Tu veux dire, quand est-ce que je saute dans ton lit ? Jamais, tu rêves mon pauvre vieux.

Voilà qui devrait lui calmer ses ardeurs.

— Aucune fille me résiste Reika, rit-il.

Qu'est-ce qu'il croit lui ? Il continue à me parler mais je n'écoute pas. Pour lui faire comprendre mon indifférence totale, je remets mes écouteurs dans les oreilles.

Il finit par se planter devant moi une nouvelle fois et me prends par surprise par la taille en disant :

— Allez, Reika, laisse-toi faire, même si c'est pour une seule fois.

— Tu devrais me lâcher avant de te prendre une bonne claque.

Je m'arrache de son étreinte.

— Qu'est-ce que tu entends par là ? Tu te crois tellement irrésistible, que toutes les filles se jettent sur toi sur commande ? Tu me prends pour qui ?

La panique me gagne mais je tente une dernière réplique cinglante :

— Retourne jouer avec tes bimbos et fous-moi la paix. Tu t'es trompé de cible.

Ma voix est montée en décibel sous le stress. Je le fusille du regard, prête à lui mettre un coup de boule s'il le faut. Plutôt un bon coup de genoux dans l'entrejambe, ça devrait lui calmer ses hormones à celui-là.

Devant mon air furieux, il se renfrogne. Au moins, j'ai été claire, l'essentiel est qu'il ne me touche plus, du moins sans mon autorisation. J'ai horreur des mecs comme ça. Il me suit tout de même, me fait un peu peur. Va-t-il me coincer dans un coin ?

J'arrive chez moi. Il me touche l'épaule, je sursaute et lui lance un regard assassin.

— Allez la nouvelle, je suis désolé, je pensais que tu voulais t'amuser un peu en te donnant un genre…

— Et bien tu t'es trompé espèce de taré. Ne m'adresse plus la parole.

— Écoute, je suis désolé, allez, pardonne-moi. C'était pour déconner.

— Déconner ?

J'articule ce mot de la façon la plus hautaine que je puisse faire.

— OK, OK, j'ai compris je ne serai plus comme ça avec toi promis.

Il prend un air de chien battu. Je pince les lèvres et pour enfoncer le clou, je lui dis :

— Salut, Tristan, et ne refais plus jamais un truc comme ça. Ni à moi ni à d'autres filles. Je serais morte de honte à ta place, et je plains les autres filles que tu dragues. C'est pa-thé-tique.

— Reika… Je.

Je ne lui laisse pas le temps de finir sa phrase et lui claque la porte au nez, satisfaite de lui avoir rabattu son caquet. Pour qui se prend-il ? Quel abruti !

Durant toute la semaine, je finis par le croiser partout où je vais au lycée, à la bibliothèque, en cours de sport, dans les couloirs. Un peu comme le garçon chétif qui suit Harmony comme un toutou. Mais contrairement à elle, je le vois partout. Tristan me regarde de ce même air triste presque surjoué. Fait-il semblant pour arriver à ses fins ?

Au bout d'un certain temps à le mépriser, je finis quand même par prendre pitié de lui en pensant avoir été trop virulente avec lui. Quoiqu'il fallût bien que quelqu'un lui dise qu'on devient un porc sans respect pour la tente féminine s'il continue à se comporter de la sorte.

En finissant la semaine de cours, il m'attend à la sortie. Je ne lui laisse pas le temps de commencer sa phrase :

— Tristan, je sais que tu es désolé. Laisse tomber cette histoire.

— Ah ! répond-il, visiblement soulagé. Alors tu voudrais bien sortir avec moi un soir ?

— Toujours pas non. Fiche-moi la paix.

— Personne ne me dit jamais non.

— C'est le problème des gosses de riches Tristan, mais tu apprendras avec le temps peut-être. Le non peut être très salutaire.

— Je ne sais pas ce que veut dire salutaire mais tu finiras par accepter, assure-t-il. Tu es différente des filles ici, ça me plaît et je suis sûr que tu me trouves à ton goût. Accepte Reika.

J'hésite un instant. Il est culotté, au moins il a une qualité bien à lui. Mais c'est trop facile, et je ne lui ferai pas ce plaisir. Alors que j'allais lui donner une réponse cinglante, une voix sèche nous interrompt :

— Un problème Reika ?

C'est Adrian. Il a le don de surgir de n'importe où, n'importe quand, lui aussi. Je me tourne vers lui et lui adresse mon plus beau sourire forcé.

— Non ça va Ady, je disais au revoir à Tristan. Tu vas où ? Je viens avec toi.

Je prends son bras d'un air théâtral. Je crois le voir esquisser un sourire satisfait et nous plantons Tristan là.

— Ady ? rit-il.

Encore ce rire sortant du cœur.

— Désolée, j'étais désespérée, tu es arrivé au bon moment.

— Tu veux que je lui dise de te lâcher les baskets ? me demande-t-il.

— Ça va, je gère. Je ne sais pas pourquoi il s'est mis en tête de sortir avec moi celui-là. Il aime les bimbos, qu'il reste avec ce genre de fille et qu'il me fiche la paix.

— Tu n'es pas intéressée par lui alors ? m'interroge Adrian.

Je reste muette un instant en pinçant les lèvres. Devant l'air contrarié d'Adrian, je finis par admettre :

— C'est pas vraiment ça. Je ne vais pas te mentir en disant qu'il est repoussant mais il veut « m'emballer » uniquement parce que je dis non et que je suis nouvelle. Il ne parle que de lui, ça ne lui suffit pas d'être beau, il est creux comme c'est pas permis.

Il se remet à rire franchement et hoche la tête d'un air entendu. Nous continuons de marcher côte à côte. Mon pouls s'accélère sans que je m'en rende compte. On se frôle légèrement la main mais Adrian reprend comme si de rien n'était :

— C'est vrai. Son grand frère est pareil, heureusement qu'on s'en est débarrassé mais je plains l'université qui l'accueille. Au fait, je suis arrivé. Tu entres avec moi ?

C'était un magasin de musique. Adrian serre la main du vendeur qui doit avoir une vingtaine d'années, des tatouages partout et les cheveux noirs et longs. Ils discutent chaleureusement pendant quelques minutes, pendant que je regarde d'un air distrait les instruments de la boutique. Ça doit être fantastique de maîtriser l'un d'entre eux… Mais à part chanter sous la douche, je ne m'en sens pas capable. Il prend quelques articles et nous sortons de la boutique.

— De combien d'instruments de musique joues-tu au fait ?

— Trois seulement, plaisante-t-il. Guitare, piano, batterie.

— Quelle chance ! ai-je sifflé, admirative. Christian Grey et Edward Cullen peuvent se rhabiller. J'aime écouter la musique mais je ne me sens pas l'âme d'une musicienne, c'est navrant.

— Ne t'inquiète pas, tu as bien d'autres qualités. Mis à part tes références en littérature.

— Comment passer au travers ? Je suis coupable. Je te promets que je lis énormément de choses diverses et variées. Comme la musique, je suis ouverte à tout.

— J'attends de pouvoir le vérifier alors.

J'ouvre la bouche comme une carpe. Est-ce qu'il parle de musique, de livres ou d'autre chose ?

— Je te laisse, je dois aller voir Abi.

Et il me plante là, en m'embrassant à nouveau la joue. Il repart avec un large sourire, probablement ravi d'avoir eu le dernier mot. J'ai l'impression qu'il se fiche de moi celui-là ! Mais voyons les choses en face, c'est le seul garçon qui peut se permettre de m'embrasser sur la joue sans se prendre une contre-attaque façon Reika. Il doit être en train de jubiler d'avoir réussi à me troubler, ce scélérat.

Chapitre 9
Harmony

Le premier trimestre arrive bientôt à sa fin et les premiers examens ont déjà commencé. J'ai toutes mes fiches de révisions au point et je les relis pendant des heures entre deux cours. Assise tranquillement à ma table, je vois Harmony de loin qui marche à grandes enjambées vers moi. Elle est précédée de ses copines et leur fait signe de la main pour qu'elles s'arrêtent. On dirait vraiment une meute de hyènes ces filles. Je ris intérieurement.

— Salut Reika. Dis-moi, j'ai appris que tu avais repiqué et que tu avais plein de fiches de cours. Tu me les prêtes ?

Sa demande n'était pas du tout amicale, plutôt autoritaire, comme à son habitude. Je la regarde de haut en bas :

— Non. Mais si tu veux, je te les scanne et te les envoie.

— Sinon vient chez moi, on les scanne et tu m'aides à réviser.

— En somme, tu préfères qu'on révise ensemble ? Tes copines n'ont peut-être pas assez de neurones pour t'aider ? Tu n'as pas peur de décevoir tes amies ? N'oublie pas que je suis flippante et bizarre. Je t'ai entendue le dire à un cours.

Elle jette un regard furtif derrière elle.

— Ce ne sont pas vraiment… Des copines, tu sais. Je suis la fille « populaire » et tout le monde me suit partout, c'est comme ça.

— C'est ça. Et ça t'amuse ?

— Des jours oui, d'autres non. Tout le monde connaît ma vie ou croit la connaître du moins.

Son regard se vide.

— Pourtant je ne suis personne ajoute-t-elle.

Elle tourne les talons en feignant son habituel sourire surjoué. Ses amies lui parlent en gloussant, elle les imite.

Comment ça elle n'est personne ? On ne doit pas avoir la même notion d'être « personne ». Sa dernière phrase me trouble.

Harmony a l'air tellement sûre d'elle habituellement. Aujourd'hui, elle est vêtue d'un jean hors de prix, d'un top en soie et un sac griffé. Malgré une apparence parfaitement maîtrisée, je crois voir quelque chose qui cloche chez elle. On dirait qu'elle porte un costume, un masque comme j'ai pu le faire avant. Mais Dieu merci, je ne suis pas devenue la *fille* et surtout que ma tentative de perfection à tout prix a échoué. Personne ne me suit partout et encore heureux.

Quelques jours plus tard, après qu'Armand m'ait convaincue, je finis par accepter sa demande. Nous convenons que j'aille après les cours chez elle. De toute façon, je n'avais rien de mieux à faire vu qu'en ce moment Armand sort avec un énième prétendant.

Au fur et à mesure de mes visites, nous commençons à discuter d'autres choses que de géographie, de français et de la méthodologie d'une fiche de révision. Je dois avouer que ça me bassine un peu, surtout que je me souviens d'au moins 80 % de mes cours.

— Que peux-tu me dire sur les pays émergents ?

— Euuuh… souffle-t-elle.

— Je t'ai déjà fait noter la définition ici, tu as juste à retenir.

— Ce sont des pays qui se développent…

Elle n'écoute rien et pianote sur son portable.

— Bon, écoute laisse tomber, la fiche est là, apprends là et surtout essaie de comprendre ce que ça veut dire.

Impatiente, je rassemble mes affaires pour repartir chez moi.

— Attend ! s'écrie Harmony, ce sont des pays qui connaissent une croissance économique sur plusieurs années, il y a plusieurs catégories en Europe, en Asie…

— Tu vois, l'ai-je coupée, si tu faisais autre chose que de tripoter ton portable on en aurait fini plus vite.

— Je sais, je sais, dit-elle en prenant son air supérieur, mais il y a une vente privée que je ne veux absolument pas louper.

— T'es sérieuse, ai-je répondu incrédule.

— Regarde, ils vendent des sacs griffés pour pas cher.

Intriguée malgré moi, je regarde son iPhone dernier cri.

— C'est pas une arnaque, m'assure-t-elle, pour ce prix-là c'est donné.

— On doit pas avoir la même notion du donné mais je vois ce que tu veux dire.

— Ça y est ! crie-t-elle sans relever ma réponse. Oh un Chanel, il est super vintage celui-là. Ma mère a le même dans une autre couleur.

Et en deux secondes, elle dégaine sa carte de crédit de son portefeuille Vuitton. Je l'observe, sidérée.

— Oh ça va, se contente d'elle de dire. Forcément toi tu n'as pas les moyens.

— Si je voulais, peut-être, je n'utilise que rarement ma carte de crédit en ce moment. Désolée d'avoir d'autres préoccupations qu'un sac de marque. Cela dit, celui-ci est super joli, lui dis-je en pointant du doigt un modèle.

Un Chanel simple, matelassé avec une chaîne. Il irait bien avec mes jupes tutu.

— Tu vois, si tu voulais vraiment, tu aurais du goût.

— J'ai du goût, mais j'aime mieux avoir plusieurs styles moi, miss Parfaite.

Et sur cette simple phrase, nous rions toutes les deux. Pour une fois, elle n'avait pas l'air de faire semblant ni se forcer à être agréable.

Au fur et à mesure de mes visites, j'apprends que son père est gérant d'une boîte de nuit hyper réputée dans une ville voisine, Capestre, sa mère a sa propre société d'organisatrice de mariage pour des clients huppés. Bref, la famille jet set. Ce surnom la fait rire à chaque fois.

Je comprends d'où vient sa popularité. Le fait d'avoir des parents comme ça et surtout le fait qu'elle soit souvent seule à gérer sa vie la rendent intéressante pour un tas de personnes peu ou mal intentionnées. Il y a une gouvernante, mais n'exerce aucune autorité sur Harmony si ses parents sont absents. Une fois, je lui ai demandé :

— Tu ne t'ennuies pas trop dans ta grande maison ?

— Marie – la gouvernante – est là, mais elle tient la maison, rien de plus. C'est bien d'être seule parfois non ?

— Pas tellement. Enfin quoi que si j'étais toi, et Dieu merci je ne le suis pas, je profiterais de ma solitude, fatiguée d'avoir une meute de folles manucurées à mes trousses.

Elle rit en hochant la tête. Finalement, elle doit sûrement se sentir seule. Nous finissons par sympathiser au bout de quelques semaines. Elle me parle d'Adrian et me fait comprendre que c'est un gentil garçon. Pourquoi tout le monde insiste là-dessus ?

Elle en profite même pour enregistrer en douce son numéro dans mon téléphone.

Quelque temps après, elle m'apprend qu'elle s'est séparée il y a quelques jours du joueur de basket du lycée, le métis de la soirée qu'elle avait donné.

En retournant en cours, j'entendais déjà les gens parler d'elle et dire qu'il l'a trompée avec une fille qui fréquente une fac. Ils se moquent même d'elle. Comment peuvent-ils être aussi cruels ?

— Un jour, tout le monde adore venir squatter chez toi pour faire la fête, un autre on étale ta vie en te jugeant, me dit Armand. Ç'a été la même chose quand j'ai fait mon coming-out il y a deux ans. Enfin moi je m'en tape, je me suis jamais caché non plus.

— Mais c'est vraiment dégueulasse, ai-je déclaré, indignée. Même si Harmony se donne un genre, se foutre d'elle comme ça parce qu'elle se fait larguer pour une fille « plus expérimentée », c'est moche.

— Parce que tu es une fille cool et sympa au grand cœur, me taquine Armand.

— Pas spécialement. Juger la vie des gens comme ça, c'est nul.

— Tu sais, dit-il, c'est la seule qui m'a défendu quand tout le monde me traitait de tapette.

— C'est pour ça que tu la défends toujours alors ?

— Ouais, peut-être, admet-il. Mais c'est toi ma préférée.

Je lui tape l'épaule. Toujours une bêtise à dire celui-là.

À la fin de la journée, je retrouve Harmony en pleurs dans les vestiaires. Armand qui m'accompagnait me souffle un « à plus tard, envoie-moi un SMS » et sort discrètement de la pièce.

— Désolée, dit-elle en reniflant bruyamment, je ne pleure pas en général, mais cette journée est vraiment merdique. Ras le cul de ces lèche-bottes.

— T'inquiète pas, je comprends. Je suis passée par là.

— Tu sais, si je ne fais pas la fille populaire, la fille cool, qui s'intéresserait à moi finalement ? La dinde qu'on trompe comme si j'étais qu'une moins que rien ! Ça me fout la gerbe !! Ce sont tous des connards !

— Laisse tomber, c'était un pauvre mec. Un pote de Tristan quoi.

À la vue de son visage qui se décompose davantage, j'ajoute :

— Tu sais, tu pourrais traîner avec moi, mais tu seras persona in grata.

Harmony lève les yeux vers moi en esquissant une espèce de sourire tordu, entre les larmes et le réconfort.

— Tu pourrais compter sur Armand et moi. Il t'aime bien, lui dis-je.

Elle relève la tête, renifle bruyamment dans un mouchoir.

— Merci mais…

Elle s'interrompt soudain.

— Mais qu'est-ce que tu fiches là toi ? Dégage Chris ! crie-t-elle tout à coup.

Surprise, je me retourne. Le garçon qui la suit partout, Chris – apparemment –, surgit de nulle part. Harmony se remet à lui crier dessus, comme une hystérique :

— Arrête de me suivre partout ! Quand est-ce que tu comprendras qu'on ne sera jamais ensemble, ni ami, ni rien du tout ! J'en ai marre de ces malades qui me suivent partout !!

— Harmony… Tu dis ça parce que tu es énervée ! Ce sont des cons, ce mec est un abruti, bafouille Chris. Je peux être ton ami moi aussi, je t'aime beaucoup.

Il fait peine à voir mais Harmony ne l'entend pas de cette oreille, excédée.

— Fous-moi la paix ! Et arrête de me suivre partout, on dirait un psychopathe !

Chris se met à serrer les poings et se crispe. Rouge de colère, il quitte le vestiaire en claquant la porte. Harmony continue de pleurer, au bord de la crise de nerfs. Je lui lance un regard de reproche en sortant du vestiaire à la hâte.

J'essaie de rattraper le pauvre garçon par le bras :

— Hé Chris ! Je suis sûre qu'elle ne pensait pas ce qu'elle a dit, tu sais…

— Rien à foutre de cette pétasse, coupe-t-il. Elle se prend pour qui ?

Son ton n'est plus du tout le même que tout à l'heure. Surprise de sa réponse, il s'arrache de ma main, manquant de me tordre le poignet. Je le lâche aussitôt.

— Tu changes radicalement d'avis dis donc, ai-je remarqué. Je pensais que tu avais des sentiments pour elle pour la suivre partout. Mais en termes de séduction, ce n'est pas l'idéal de la harceler, tu ne trouves pas ?

Il fait peine à voir avec son air de chien battu. Pourtant ses yeux en disent long. Son visage est écarlate comme s'il était sur le point d'exploser.

— Laisse-moi tranquille, hurle-t-il furieux, les filles comme vous se prennent vraiment pour des reines alors que vous n'êtes que des pétasses, des pétasses ! Elle va me le payer !

Il cogne comme une brute sur un mur et part comme une furie. Je le laisse s'en aller en reculant, perplexe, et retourne au vestiaire. Harmony ne pleurait plus, c'était déjà ça. Je lui dis :

— Bon, je crois que tu as énervé Chris, il est devenu complètement taré. Outre le fait qu'il était flippant à te suivre partout, tu aurais peut-être pu y aller plus mollo avec lui non ?

— Mouais… Mais tu sais il me fait vraiment peur. Il me suivait partout et me postait des lettres d'amour, remplissait ma boîte mail, ma messagerie Facebook, je n'en pouvais plus. J'ai essayé de lui parler, gentiment, de lui faire comprendre, de le jeter ou de l'ignorer mais là c'était la goutte d'eau avec l'autre basketteur de merde.

— Pourquoi tu ne m'en as pas parlé de tout ça ? je lui demande. Ça fait quelques semaines que je viens chez toi, au cas où tu n'avais pas remarqué.

— Je sais… Laisse tomber Reika. Merci quand même.

Elle se lève, se regarde dans le miroir et s'essuie les yeux en se remaquillant rapidement. Elle me salue et s'en va. Dois-je vraiment la laisser partir comme ça ? Je n'ose pas la retenir. Mais que faire ? Appeler Armand ? Il doit être avec son copain.

Je prends mon téléphone et trouve le numéro d'Adrian qu'Harmony m'avait donné il y a quelques jours. Je pensais l'effacer car je n'ai jamais osé l'utiliser, mais ma négligence pour une fois me sert à quelque chose. Il décroche au bout de deux sonneries.

— Allô ?

— Adrian… C'est Rei. Je sais que tu n'as pas mon numéro, mais j'ai besoin de toi, lui dis-je apeurer.

— Qu'est-ce qui se passe Reika ? Tu vas bien ?

J'entends le stress dans sa voix. Je le rassure :

— Oui ça va Adrian, mais je pense qu'Harmony a besoin de toi. Je crois que tu es son seul véritable ami ici et vu dans quel état je l'ai trouvée, je pense qu'elle aura besoin de parler à quelqu'un.

— Je croyais que tu la détestais…

— Tu sais les choses changent, et je ne la haïssais pas. Sans plaisanter, c'est important, sinon je n'aurai pas appelé.

— OK, je t'écoute.

Je lui raconte la scène mélodramatique de tout à l'heure et lui fais promettre de passer la voir tout de suite.

— Merci de m'avoir prévenu Rei. Je te rappelle ce soir, maintenant que j'ai ton numéro.

Et il raccroche. J'espère que tout se passera bien avec Harmony. J'envoie un SMS à Armand pour qu'il vienne dormir à la maison après sa séance de bécotage.

Papa a fini par prendre l'habitude, en intégrant le fait qu'un garçon qui aime les garçons et qui dort chez une fille ne représente aucun danger potentiel dans sa maison. S'il savait le pauvre… Il vaut mieux ne pas lui en parler.

J'essaie de me changer les idées en pulvérisant Armand sur un jeu où on tire sur tout ce qui bouge mais je n'arrête pas de penser à Harmony. Et à Adrian. Qu'est-ce qu'ils doivent faire ensemble ?

Comme d'habitude, Armand m'interrompt dans mes pensées :

— Tu as fait ce qu'il fallait Rei. Adrian est son seul vrai pote, les autres ne sont que des rapaces.

— Tu crois ?

— Sûr, ma belle.

Il m'embrasse sur le front. Mon inquiétude s'atténue au contact de ses lèvres contre mon visage.

— Bon maintenant je vais te foutre ta raclée, j'en ai assez de te laisser me flinguer sur chaque map.

— L'espoir fait vivre, espèce de perdant, dis-je en riant.

Merci, Armand, merci d'être là. Je suis tellement contente de l'avoir croisé. Il ne s'en rend pas compte comme ça, dans son pyjama loufoque, ses cheveux décoiffés et son air hypnotisé devant l'écran de ma télé. Je ne sais pas si un jour je pourrais lui dire à quel point je tiens à lui, mais on se comprend d'un simple regard. Ce genre d'amitié est si rare, c'est le genre de personne que vous trouvez par hasard, pour la vie. Comme une âme sœur, sans ambiguïté, le frère que je n'ai jamais eu. C'est comme trouver l'amour d'un homme ou d'une femme mais différemment, quelqu'un pour qui vous feriez tout pour rien en retour. Son simple rire me rend plus légère, plus joyeuse. En quelques semaines, il a changé ma vision de l'amitié qui me semblait tellement lointaine, irréelle. Trop de déception m'a éloignée des gens mais l'avoir rencontré a tout changé en moi.

Je me sens plus apaisée et si j'ai quoi que ce soit, c'est lui qui sera là pour moi.

Un jour, j'espère pouvoir lui dire tout ça.

En attendant, je le laisse me battre aux jeux vidéo. Enfin au moins pour une ou deux parties.

Chapitre 10
This will make you love again

Quelques heures plus tard, Armand et moi sommes allongés sur le lit et contemplons le plafond en écoutant « These arms of mine » de mon film préféré. Il se tourne vers moi :

— Tu crois que miss Chanel va faire une connerie ? Tu sais les gosses pourries gâtées font des trucs stupides parfois. Du genre boîte d'antidépresseur ou scarification.

— Je ne pense pas, ai-je répondu pensive. Et c'est pas drôle Armand, c'est grave.

Pour une fois, il ne renchérit pas avec une blague pourrie. Je change de sujet :

— Tu la supporterais cette fille toi ? Je t'avoue que c'est inédit mais je commence à l'apprécier. Je m'en voudrais qu'il lui soit arrivé quelque chose, je n'ai pas vraiment tenté de la retenir de partir du vestiaire.

— Ah ! ma chérie, tu es si sentimentale ! Un vrai cœur pur. Tu as fait ce que tu as pu Rei, tu sais elle était vraiment au bord de l'hystérie, inutile de te faire écraser par ses Louboutins inutilement. La raisonner était ta seule option.

— T'es bête, souris-je, mais tu me remontes toujours le moral.

Il me rend mon sourire et me prend dans ses bras. Nous restons un moment comme cela. Je pense que malgré ce qu'il dit, il doit être inquiet pour Harmony, tout comme moi. Je le vois lorsque je me redresse sur un coude et son regard est fixé sur le plafond.

— Bon, cette fois-ci, on va jouer à un jeu de baston, j'en ai marre de me prendre des balles dans la tête, déclare-t-il. Quand tu viendras chez moi, je te montrerai ma nouvelle console rétro.

Il se lance dans une tirade vantant les mérites des jeux des vieilles consoles. Pendant que je cherche un jeu de combat pour Armand dans ma chambre, je sens mon téléphone vibrer. Je le sors de ma poche. C'est un SMS d'Adrian. Je lève les yeux vers Armand. Je déclare, d'une voix étranglée :

— Adrian est à ma porte. Tu crois que je le fais rentrer ?

— Non vas-y ma chérie, je t'attends chez toi, j'en profite pour appeler Jake.

— Bon, j'ai trois heures devant moi alors, j'ironise en lui tirant la langue. À quoi ça sert de l'appeler aussi longtemps si tu as prévu de le jeter après les examens ?

— Question de timing, poupée. Quand tu reviens, je veux jouer à ça, dit-il en brandissant un vieux jeu de combat Dragon Ball Z, ou sinon on joue à la Wii, je te mettrai la misère sur Just Dance. J'ai un déhanché du tonnerre.

— C'est ce qu'on verra. Ah, ah, je ne t'ai pas encore vu danser ça risque d'être épique !

En deux minutes, je me suis rhabillée tant bien que mal. Un jean noir et un sweat oversize lavande. Je ne me suis pas encore démaquillée mais pas le temps de remettre du rouge à lèvres et je m'attache les cheveux à la hâte.

Je descends de ma chambre pour ouvrir la porte à Adrian. Il a sa guitare dans le dos et est... Particulièrement beau ce soir.

Enfin encore plus que d'habitude. Bon, c'est indéniable, je veux bien le reconnaître. Un jean, l'éternel t-shirt col V mais noir, un perfecto et toujours cette crinière qui lui va à merveille en lui retombant un peu devant ses yeux bleus. C'est vraiment indécent. Mes hormones commencent à faire n'importe quoi en ce moment ou bien… ?

« Salut… »

Je me mets spontanément sur la pointe des pieds pour lui embrasser la joue, ce qui le surprend. Je ne sais pas ce qui m'a pris. Je bafouille :

— Euh… Comment va Harmony ?

— Ça va. Ses parents sont rentrés il y a quelques minutes et restent le week-end. Ils sont plus ou moins au courant donc j'espère qu'ils lui changeront les idées. Et toi ?

— Depuis tout à l'heure, oui toujours.

Il se tait, se rendant compte de sa question. Il sourit.

— Ce n'est pas ce que je voulais dire mais ravi que tu ailles bien. Tu veux aller marcher le long de la plage ?

— C'est une invitation ?

Pourquoi ai-je dit ça ? Mon cerveau a-t-il décidé d'éteindre tout mon bon sens de la répartie ce soir ?

Il ne répond pas mais m'entraîne doucement par le bras sur le perron de la porte. Sa main est chaude et m'envoie mille décharges dans le corps. Je prends mon imper violet et je le vois esquisser un sourire.

Il fait nuit mais la route est assez bien éclairée. Quelques minutes plus tard, nous descendons dans une espèce de crique où la mer clapote, doucement… C'est celle que je vois depuis ma chambre. Il est vrai que je n'y suis jamais encore allée, même si je passe souvent près de cet endroit. Au moins, je vais profiter de l'occasion.

Il y a quelques mètres de sable pour marcher un peu. C'est vraiment joli, un peu plus haut, il y a des falaises que je vois aussi depuis la fenêtre de ma chambre.

J'ai toujours adoré ce bruit, la mer, les embruns, le goût du sel sur les lèvres. Je m'amuse à passer ma langue sur ma lèvre, habitude que j'ai reprise depuis que nous sommes revenus ici. Adrian me regarde sans dire un mot. Je prends la parole :

— On se balade pour que tu puisses me regarder bizarrement ou tu comptes engager la conversation ?

— Ça te gêne d'être observée ?

Son ton était assez… Agressif je trouve. Du moins pour une balade en bord de mer. Où veut-il en venir ? Je prends aussitôt la mouche :

— J'ai conscience que mes vêtements et mes attitudes attirent le regard, parfois c'est positif, parfois les gens se moquent. Ça finit par leur passer, comme au lycée, tu vois. Mais ça me dérange que tu m'observes et que tu ne dises rien. Ça me déconcentre, voilà tout.

« J'admirais ton imper, plaisante-t-il. »

Je lui adresse un sourire crispé. Je continue à marcher et finis par m'asseoir sur un rocher en croisant les bras d'un air boudeur. Pourquoi je m'emballe comme ça avec lui ? Je le sens derrière moi et le vent se lève. Ça sent la mer, le sable humide, et Adrian. J'essaie de me donner une contenance en fixant l'horizon.

— Joue-moi quelque chose, dis-je, sans me retourner. Ça t'évitera de dire des bêtises.

— Pardon ?

— Tu as ta guitare sur le dos et je t'ai dit : joue-moi quelque chose, Adrian. À défaut de parler, j'aimerais entendre ta musique. J'ai oublié mon téléphone et mes écouteurs pour remplacer nos palpitantes conversations.

Il s'assoit à côté de moi et commence à gratter les cordes de sa guitare. Il se débrouille bien. Même si je pense que ce n'est pas calculé, le cliché du bel homme jouant de la guitare, la lune éclairant la plage, c'est inédit mais cela vaut le coup d'œil. Je m'exclame, tout en essayant d'effacer cette pensée impie de mon esprit :

— C'est la musique que j'ai entendue quand je suis arrivée ici ! C'était toi alors ? Tu habites assez près de chez moi alors.

Adrian lève la tête sans s'arrêter de jouer et me sourit. Le genre de sourire irrésistible, il est tout fier et je lui rends la pareille. Sa bonne humeur me gagne. Il change de mélodie et je reconnais une de mes chansons préférées.

Je l'entends fredonner les paroles et je l'imite. Finalement, exaltée par cet instant, je finis par chanter avec lui (enfin je chante et il fredonne).

Cette chanson, était du groupe IAMX, « This will make you love again » que je n'ai pas écouté depuis un bail. Elle me rappelle tellement souvenirs, je l'ai tant entendue, tant chantée… Sûrement faux d'ailleurs, mais peu importe.

— Pourquoi t'arrêtes-tu de chanter ? demande Adrian

— Parce que je dois sûrement chanter très mal, d'une, et de deux, je ne sais pas trop. J'aime vraiment cette chanson et elle me rappelle beaucoup choses, de bons moments, mais aussi des passages à vide que j'ai vécu.

— C'est pas vrai tu n'as pas une voix aussi horrible que ça, réplique Adrian. Mais c'est pas grave. C'était sympa. Un de ces quatre, je te la jouerai au piano.

— Ce serait vraiment fantastique Adrian. Quand tu veux.

Encore un blanc. Il semble horrifié par cette idée alors qu'il vient de me la proposer. J'essaie de combler le silence, une nouvelle fois :

— Est-ce que je te dégoûte ?

C'est vrai que ça manquait de subtilité mais appelons un chat, un chat. Il écarquille les yeux, l'air stupéfait :

— Hein ? Non pourquoi ?

— Je ne sais pas, dès que je te dis quelque chose, j'ai l'impression d'être une harpie qui te force la main pour je ne sais quoi alors que je veux juste être gentille ou engager la conversation. Tu parles peu avec moi, j'ai l'impression que tu essaies quelque chose mais tu as plus l'air de te forcer avec moi pour te montrer amical. Ou parfois tu me donnes l'impression d'être carrément repoussante et tu préfères être poli en ne prenant pas la peine de répondre à ce que tu pourrais prendre pour des « avances ». J'essaie juste de communiquer avec toi et ça n'a pas l'air de te convenir non plus.

Il se mit à rire en déclarant :

— Tu n'es pas repoussante. Ton imper, en revanche, l'est un peu.

— Excellente nouvelle. Bonne soirée. Parfois t'es vraiment un pauvre type, tu m'énerves.

Vexée, je me lève et commence à rebrousser chemin pendant qu'Adrian se moque de moi. Quel gamin quand il s'y met celui-là !

— Attends Rei, dis Adrian toujours hilare. Je plaisante OK ?

— Sûrement, mais tout ce que tu me dis me touche et j'en ai assez de passer du chaud au froid. Il y a quelques minutes, je pensais passer un super moment, et puis tu as tout gâché. Je n'en aurais rien à faire que ce soit Tristan qui me vanne sur mes fringues, si horribles pour vous, mais c'est moi, je suis comme ça et plus jamais on ne me fera changer en quelqu'un que je ne suis pas ! « Tu es jolie, mais tu es tellement bizarre qu'on ne veut pas de toi », je sais Adrian, les mecs comme Tristan et toi me le disent bien assez comme ça ! Mais je m'en fous !

J'ai prononcé ces dernières phrases en criant afin qu'il imprime bien l'essentiel.

— Pas la peine de t'énerver Reika, répond-il en reprenant son sérieux. Je plaisantais vraiment. Et ne me compare pas à Tristan qui est vraiment le roi des cons. Je te vois moi, mais… Laisse tomber.

— C'est peut-être mieux comme ça Adrian. Laissons tomber. J'aimerais être ton amie comme je suis celle d'Armand, j'aime te parler, je voudrais rire à tes blagues sans avoir l'impression que tu me prends pour une idiote, j'aimerais passer des moments avec toi, mais ce n'est pas pareil.

— Armand est gay, commente-t-il.

— Première chose déjà, au moins pas de faux semblants. De plus, il ne me juge pas et même s'il doit être aussi sarcastique que toi, j'ai toujours l'impression que tu me fais passer pour quelqu'un d'inférieur. Tu me repousses tout le temps. Si j'avais été ton amie, cela m'aurait fait du mal, mais là c'est plus que ça car je ne me sens pas comme telle et j'aimerais plus que ça. Désolée mais c'est ce que je pense, bonne soirée.

Je continue mon chemin en le laissant abasourdi, sur place.

Ah, ah ! Pour une fois, j'ai réussi à le planter là et j'ai eu le dernier mot.

En rentrant, je retrouve mon père et Armand en train de préparer le repas. À ma tête, Armand comprend que je suis remuée par cette conversation avec Adrian. Je lui raconte tout.

Qu'est-ce qui cloche chez nous ? À chaque fois que nous parlons, cela vire à l'affrontement. Avec Armand, c'est facile, logique, il ne met pas de barrière entre nous et ne me repousse pas si j'ai un geste amical envers lui. Je crois que j'aimerais qu'Adrian fasse plus alors qu'il est censé n'être que mon ami comme nous l'avions évoqué il y a quelques semaines. Et dès que j'essaie d'être plus proche de lui, même en tant que pseudo copine, il me rembarre d'emblée. Un pas en avant, cinquante en arrière.

J'ai effectivement eu cette pensée. Je ne m'étais jamais vue en tant que telle mais je crois que cette idée a été avortée avant même que je puisse y penser plus de deux secondes.

Finalement, même être son amie ne m'apporte aucune chose positive puisqu'il est distant. Avec Harmony, c'est différent entre eux, ils se parlent, ont vraiment l'air proches. Peut-être avais-je raison ? Peut-être l'aime-t-elle et par conséquent ne veut pas être copain ou proche d'une autre fille ? Surtout une fille comme moi ? Je dois peut-être lui faire honte ? Je n'avais pas pensé à cette idée, bien qu'énervante. Peut-être pense-t-il que je lui lance des perches alors qu'il aime Harmony et se sent mal à l'aise ? Mais pourquoi ne me le dit-il pas alors ?

Avant de me coucher, je reçois un SMS de lui : « désolé… mais j'aimerais que tu m'expliques le terme « c'est plus que ça » ».

Je réponds sans passer par quatre chemins : « Aimes-tu Harmony, comptes-tu sortir avec elle de nouveau ? ».

Il doit vraiment me prendre pour une cinglée. Jalouse. Une cinglée jalouse alors que je ne suis rien du tout pour lui. Bravo, j'arrive à tout gâcher en un seul SMS.

Le téléphone vibre « Je l'aime bien. Comme une sœur, ça ne va pas plus loin ni pour elle ni pour moi. Comme Armand et toi. C'était une amourette de vacances Reika, sérieux. »

Je tape sur mon écran : « Je vais me coucher, bonne nuit Adrian… Et réfléchis, la nuit porte conseil. Pour moi, c'est plus que ça, ce n'est peut-être pas réciproque mais au moins tu le sais. Salut ».

Il ne répond pas. Peut-on dire que j'ai encore eu le dernier mot ?

Chapitre 11
Dreamworld

La neige commence à tomber à Montebello. Des petits flocons, qui ne tiennent pas au sol. C'est les vacances d'hiver et la première série d'examens blancs a commencé avec des contrôles continus, des exposés tous aussi barbants les uns que les autres. Tout s'est plus ou moins bien passé et je compte profiter des fêtes pour souffler un peu.

Je n'ai pas eu de nouvelles d'Adrian depuis des semaines. Pas d'appel, ni mail, SMS ou pigeon voyageur. Pourtant avec les vacances, j'ai pu travailler au foyer où vit Abigaël, mais je ne voulais pas l'utiliser pour savoir comment allait son ingrat de grand frère. Ce serait vraiment déplacé, bien que l'idée m'ait forcément traversé l'esprit. Un jour, quand nous avons joué dehors, elle m'interroge :

— Tu as l'air triste Reika, pourquoi tu es triste ?

— Je ne suis pas triste ma chérie. Continue à jouer. Veux-tu changer de jeu ?

— Abi veut de la musique.

Nous montons dans sa chambre et elle mit un des CD disposés sur sa chaîne hi-fi et une musique de piano commence. C'était « River flows in you » et j'avais une petite idée de qui avait joué ce morceau. Mon cœur se serre.

— C'est Ady qui a fait la musique, s'exclame Abi, en tapant dans ses mains.

— Oui, c'est beau Abigaël, ton frère est vraiment doué

— Oui !! crie-t-elle.

Elle se calme, me demande de la coiffer comme une princesse. J'accepte et elle s'assoit sur le lit en me tendant sa brosse. En tressant ses longs cheveux blond vénitien, elle me dit :

— Pourquoi tu ne veux pas te marier avec Ady, Reika ? Il est beau mon frère.

— Me marier avec ? je pique un fou rire. C'est pas aussi simple que ça, tu sais. Il faut beaucoup d'amour, comme tes parents, je pense, non ?

— Oui, papa et maman s'aiment, commente-t-elle simplement.

— Adrian n'a pas l'air de m'aimer comme ça, tu ne penses pas ?

— Non, pas vrai ! s'égosille-t-elle. Il m'a pas dit ça.

Elle se lève et part s'admirer devant la glace en disant « Oh, Abi belle !! » tout en tapant des mains.

Je lui souris et regarde par la fenêtre, pensive. Qu'aurait-il pu lui dire de toute façon ? Il aime se compliquer la vie visiblement. Abigaël a beau avoir l'âge mental d'une enfant, tout est clair pour elle, soit on s'aime, soit on ne s'aime pas. C'est noir ou blanc, le ciel ou la terre. À un million de kilomètres de l'esprit tordu de son frère, en somme.

Quelques minutes plus tard, je quitte Abi et croise ses parents. Robyn me prend dans ses bras et nous commençons à discuter. En prenant l'ascenseur pour monter dans la chambre de leur fille, Robyn me regarde et déclare :

— Il n'est pas là ma chérie. Il a pris la mer sur son voilier avec un copain depuis quelque temps mais il va bien.

Je lui adresse un sourire reconnaissant. Alors il est parti. Courageux le mec. Si ce n'est pas de la lâcheté de se tirer après m'avoir vue, en plein hiver, par bateau, alors je ne sais pas comment ça s'appelle.

Je sors mon portable, tant pis s'il est dans un autre pays (peut-il aller loin avec un petit voilier d'ailleurs ? Il doit un peu avoir froid non ?) et écris : « tu es parti comme un vilain petit lâche. Dégonflé. » Au moins, même s'il ne répond pas tout de suite, il sera piqué au vif. Je verrouille mon portable en souriant, contente de mon effet.

La réponse ne se fait pas attendre : « je sais ». Puis quelques minutes plus tard : « on se voit ce soir ».

Quoi ? Ce soir ?

Ce soir, j'avais prévu d'aller dans un bar, le White Chapel, avec Armand, Harmony m'a laissé sous-entendre qu'elle pourrait éventuellement venir si elle n'a pas de plan plus intéressant. Cette pensée me fait sourire. Quelle pimbêche celle-là quand elle s'y met.

Il est 21 h et je finis le dîner avec Armand et mon père. Je l'informe que je rentrerai tard. Maintenant, il veut bien laisser tomber le couvre-feu et tant mieux car j'ai envie de me défouler ce soir. Pour cette soirée, je fais un smocky eyes noir, un rouge à lèvres nude, et une robe moulante prune avec une paire de sandales noire bi-matière, en priant pour qu'il ne pleuve pas. Même si l'hiver à Montebello est doux, il fait assez frais. Armand est irrésistible, il porte un costume avec une chemise décalée, des mocassins et un chapeau noir. Nous nous amusons à prendre des photos dans des poses ridicules, ce qui nous occasionne de sacrés fous rires et nous prenons du retard.

À vingt-deux heures, nous arrivons au bar et il y a de la musique sympa, contrairement aux soirées de « Miss Chanel ». J'aperçois Harmony, toujours en robe griffée pourpre et beige, qui se fait draguer par un mec tatoué, plutôt pas mal. Elle me fait un clin d'œil en levant son verre.

Armand et moi dansons pendant quelques minutes et Harmony se joint à nous. Nous rions tous les trois.

— Je ne connaissais pas ce bar, il est génial ! dis-je

— C'est réservé à l'élite, plaisante Armand

— Il est sympa, j'y vais de temps en temps. Ça change des boîtes de nuit qui passent toujours la même musique avec des filles pleines de cokes qui puent la bière, répondit Harmony

Armand éclate de rire.

— Tu fais toujours autant preuve de finesse, princesse.

Nous dansons pendant près de deux heures et je pars reprendre des verres, essoufflée. Dieu merci, nous sommes aujourd'hui tous majeurs. Je me sens un peu moins seule.

Après avoir passé ma commande, je regarde autour de moi, par réflexe en battant la mesure sur le bar en patientant. Adrian m'observait. Je savais au fond de moi que je le verrais, mais évidemment je ne suis jamais préparée à le voir, ce qui me déstabilise. Dans les films, les filles sont toujours à leur avantage alors que là, je n'ose imaginer ma tête. Je dois être en sueur avec une chevelure de harpie. Rapide coup d'œil derrière la barmaid où le fond du bar est en miroir. Ouf, le dieu de je ne sais quoi est avec moi, cela aurait pu être pire. Il ne pouvait pas venir à 22 h quand j'étais encore toute pimpante ?

Je fais mine de ne pas le voir. Que pourrais-je bien lui dire de toute façon ? Une chanson entraînante commence et je vois Armand et Harmony faire un slow (assez bancal après tout ce

qu'ils ont pu boire) en continuant de rire tous les deux. C'est
« Dreamworld » de Robin Thicke.

— Danse avec moi.

Adrian, comme d'habitude, vient de me prendre de court,
encore. Sans réfléchir, je me retourne en le regardant droit dans
les yeux, prenant la main qu'il me tend. Ce soir, il est
simplement vêtu d'un t-shirt noir, d'un jean enduit de la même
couleur, des converses et ses cheveux plus en bataille que
jamais. Il porte une chaîne autour du cou et un bracelet de force
en cuir qui lui va à merveille. Ce petit côté « rock » lui va très
bien. Même si au fond, nous savons tous que c'est un gentil
garçon.

Il me prend par la taille et me rapproche de lui. Je ne peux
m'empêcher de le fixer sans ciller. Déjà d'une, parce que je suis
surprise, et de deux, je pensais plus à lui sauter à la gorge pour
avoir fait le mort pendant des semaines. Je ne peux m'empêcher
de déclarer simplement :

— Tu es parti.

— Je sais.

— Sans aucune nouvelle. Comment savais-tu que je serai là ?
Je ne t'ai même pas répondu.

Adrian tourne la tête vers Harmony sans dire un mot.

— Elle a eu de la chance d'avoir des nouvelles de toi, ai-je
déclaré, amère.

Et j'arrête de parler, je colle ma tête contre son torse. Il sent
la mer, le frais, Adrian bref, je pourrais en parler des heures
durant. Je sens sa respiration s'arrêter au contact de mon visage
contre lui, puis au bout de quelques pas de danse, je sens son
souffle dans mes cheveux. Je rêve ou les battements de son cœur
se sont accélérés ? Probablement pas. Ai-je trop abusé des
cocktails, moi aussi ?

Je lève la tête vers lui et nous nous regardons intensément, sans un mot, sans nous crier dessus. Je passe mes bras autour de son cou, mes doigts derrière sa nuque qui effleurent ses cheveux, et me rapproche davantage. Son étreinte se fait plus forte également. Je ne sais pas ce qu'il se passe, mais me sentir aussi prêt de lui m'électrise, mon cœur s'emballe pour de bon. J'avais l'impression d'être si vide ces derniers temps, sans m'en rendre compte.

Il m'a tellement écartée, que je ne pensais pas ce contact possible un jour. Pense-t-il la même chose en ce moment ? Où a-t-il d'autres intentions, comme celles de Tristan ? Sa tactique de séduction ne peut pas être aussi tordue. Et le pire, c'est que je dois bien admettre qu'elle fonctionne.

Ses mains descendent un peu plus bas sur ma taille, elles sont brûlantes. Et si pour une fois j'arrêtais de réfléchir, si je me laissais aller ?

Je me mets sur la pointe des pieds pour me rapprocher de ses lèvres, si attirantes et bien dessinées… Adrian se tend aussitôt lorsque je suis proche de son visage, la tension est palpable. Puis je finis par me raviser. Qu'est-ce qu'il m'a pris ?

Je décide de le lâcher et de le planter sur la piste de danse.

Réfugiée dans un coin sombre de la salle où il y a un grand miroir, j'essaie de reprendre mes esprits en regardant mon visage tendu. Je frotte mon front d'un air perplexe. Reika déraille, qu'est-ce qui se passe ?

Mais le mal est fait. Adrian est normalement impossible à atteindre, inconsciemment, je savais que si j'insistais dans cette voie, je me risquais à perdre tout contrôle. C'est la première fois qu'une personne me fait cet effet. C'est si difficile à expliquer.

Qui ne perdrait pas les pédales ? Pourtant il est si énervant, frustrant, beau, doué, sarcastique, sensible… Mon cœur bat à cent à l'heure quand il est dans les parages. Quand il n'est pas là, je suis vide, quand il revient, je revis. Cette révélation me tombe dessus. Tout à coup, j'entends une voix :

— Rei, tu es là ?

— Oui, je suis là.

Je vois à travers le miroir apparaître Adrian. Son regard semble perdu, comme le mien, comme si tous les deux nous avons eu en même temps cette évidence qui nous saute aux yeux. Si seulement il pouvait ressentir ce que je ressens en ce moment.

Sans rien lui dire, je le sens s'approcher de moi, son souffle sur ma nuque. Il n'ose rien faire, mais je ferme les yeux pour apprécier cette délicieuse sensation qui me tort le ventre de plaisir.

Il approche son visage de ma nuque et je penche la tête, dégageant mon cou. C'est trop tard maintenant, je ne peux plus reculer.

Il dépose un baiser sur mon cou, puis un autre se rapproche de moi et mes jambes sont déjà prêtes à céder sous mon poids. Il pose une main sur mon ventre et l'autre au-dessus de ma poitrine et reprends sa torture sensuelle. Ses bras forts m'entourent, mon esprit quitte mon corps. Comment arrive-t-il à faire ça ?

N'arrivant pas à en supporter davantage, je me retourne vers lui et le plaque contre le mur. Ses yeux bleus me fixent, étonnés, enflammés et je l'embrasse. Il me rend mon baiser, il est passionné, douloureusement agréable, comme lorsque vous mourrez de soif et que l'oasis que vous voyez n'est pas un mirage mais bien la réalité.

Adrian est mon oasis, jamais je n'aurais pensé être attirée comme un papillon vers une flamme incandescente de la sorte.

Haletants, nous nous regardons encore. Il semble sonder mon regard, à la recherche d'une réponse. Que recherche-t-il ? Je finis par articuler :

— Je t'avoue que je m'attendais à tout sauf à ça ce soir.

— Pareil, répond-il. Mais je pense qu'on aurait dû faire ça bien avant.

— Tout à fait d'accord, dis-je aussitôt.

Il prend mon visage dans ses mains et recommence, j'agrippe mes doigts à ses cheveux châtains. Nos langues se mêlent, comme si elles étaient faites pour cela. Cette sensation est si grisante, mon cœur est sur le point d'exploser s'il va plus loin.

— Tu veux qu'on aille ailleurs ? finit-il par proposer.

— Non… Je suis avec Armand ce soir mais…

J'espère que je ne l'ai pas déçu… Mais j'aimerais bien faire cette fois-ci et éviter de faire les erreurs que j'ai pu faire par le passé. Je reviens vers lui, passe ma main sur sa joue, son cou en y enfonçant légèrement les doigts. Ses yeux s'enflamment aussitôt. Il fait un pas vers moi. J'essaie de ne pas céder davantage. Je l'arrête en m'éloignant :

— Demain je suis libre.

— Viens chez moi alors.

— Tu trouves pas que ça ressemble à un guet-apens ?

— Tu inquiètes pas, rit-il, mes parents seront là avec Abi. J'essaierai d'être sage.

— Entendu alors. Tu sais ce qu'il s'est passé ce soir ? je demande

— Je n'en sais rien. Et demain, je ne saurai pas non plus, mais ça me plaît.

— Moi aussi.

— À demain alors.

— À demain, Adrian.

Sa main passe le long de mon dos et il m'embrasse une nouvelle fois le cou.

Il part l'air de rien, accompagné du mec tatoué qui a laissé son numéro de téléphone à Harmony. Elle est déjà bien éméchée et Armand également. Je suis censée être sa voix de la raison mais Harmony doit être le petit diable sexy sur son épaule gauche. J'appelle un taxi pour déposer Harmony et nous squattons avec elle pour pouvoir arriver chez moi sans avoir à marcher. Quelques mètres plus loin, j'aperçois Adrian dans sa voiture, discutant avec son copain. Nos regards se croisent.

Je ne peux m'empêcher de réprimer un sourire et il le remarque en quelques secondes et me regarde d'un drôle d'air. L'effet est immédiat. Une seconde de plus et je m'embrase pour de bon. Pour me contrôler, je prends une grande, très grande inspiration. Comment fait-il cela ?

Je crois qu'il me plaît vraiment. Rien à voir avec mon ex, Max, voire d'autres garçons sans importance, avec lui, c'est intense, électrique, explosif, magique, mais il tient à moi, je le sens au fond de moi et avec le temps, j'ai senti à quel point il ressentait la même chose pour moi ce soir. L'idéal serait qu'il puisse l'exprimer, mais ne brusquons rien pour le moment. Reste à espérer que je ne m'emballe pas pour rien.

Je sens mon téléphone vibrer dans mon sac. Comme s'il lisait dans mes pensées, il a écrit « c'est BEAUCOUP plus que ça, Bonne nuit Rei... ». Et je souris, comme une imbécile.

Qu'est-ce que tu me fais Adrian ?

Chapitre 12
Le rendez-vous

Dimanche matin a été une rude épreuve pour mon petit cerveau encore embrumé par les verres d'alcool de la veille. Je tourne paresseusement la tête en saisissant mon portable pour regarder l'heure. Merde !

Je me lève d'un bond, déjà en retard, et envoie un SMS paniqué à Adrian, tout en me jetant sous la douche, démêlant mes cheveux et avalant trois tonnes de dentifrice en même temps.

J'ai essayé désespérément de m'habiller convenablement, un jean avec un seul trou, un sweat noir simple et mes converses à plateau, le tout dans le bon ordre car j'avais commencé par les baskets avant le jean, nettement moins pratique. Armand dort encore et pue la vodka. Si mon père voit ça, il va me découper en rondelle.

En descendant, je vois un petit mot de sa part. Ouf, il est parti en mer avec grand-père et Ben.

Je gribouille un mot à Armand et le colle sur le frigo pour être sûre qu'il le lise, ce goinfre.

Sortant en catastrophe de la maison, je prends mon sac, mon grand manteau en laine, un chapeau et ferme la porte. Tout en fouillant ma besace, je prends un chewing-gum au passage et renverse mon sac. Décidément, rien ne va ce matin ! Je pousse un juron, exaspérée.

— Salut, besoin d'aide peut être ?

— Adrian ! Tu es venu ! merci, je bafouille, désolée, je... je n'ai pas vu l'heure et comme tu vois je ressemble à une folle furieuse qui cherche ses clés.

— Une jolie folle furieuse alors, dit-il en penchant la tête d'une façon adorable.

Il m'aide à ramasser mes affaires en se moquant gentiment de moi et nous partons chez lui.

Le trajet en voiture est silencieux. Pour une fois, c'est lui qui brise la glace :

— Tu es très belle aujourd'hui. Pas assez fofolle à mon goût mais ça va.

— Fofolle ? Merci quand même. J'aurais dû être irrésistible pour un premier rendez-vous... Mais en réalité, j'ai pris n'importe quelle fringue et ça donne ça.

— Très réussi, se moque-t-il, tu es irrésistiblement mignonne.

Il tend la main vers ma joue en la pinçant doucement. Ah ce sarcasme énervant !

— Désolée, dans ton monde de gens parfaits, on ne peut se permettre d'être juste beau avec un sac poubelle mais chez moi, c'est un effort de titan d'être présentable.

— Pff n'importe quoi. Mon monde de gens parfaits ? Genre je suis dans une catégorie ?

Il réfléchit deux secondes et sourit béatement :

— Les beaux gosses ?

— Oui tout à fait. Je suis vraiment navrée de te le dire comme ça, tu appartiens à l'élite et moi je suis quelques castes en dessous. Voire très en dessous.

Il prend un air faussement choqué. Adrian, détendu et faisant des blagues, c'est tellement rafraîchissant. Nous piquons un fou rire. Il déclare :

— Tu te dévalorises, ne dis pas ça. Tu appartiendrais à la case des déjantés, pour sûr. Mais l'élite aussi. Le haut du panier.

Je lui souris et nous rions de nouveau ensemble.

— Je ne sais pas où tu pêches ces idées Reika mais au moins, tu as le mérite de me faire rire. Tu crois vraiment que je me prends pour quelqu'un de beau et superficiel ?

— Non pas toi. Désolée, je remue le couteau dans la plaie, mais tu fais partie du même monde que Tristan ou Harmony, les gens cool, beaux, à qui tout réussit. Ils sortent avec des gens à leur image, tout ça. J'étais dans une école privée où c'était comme ça et ici ça ne me change pas beaucoup mais toi, toi tu me regardes.

— Je te regarde parce que tu es stupéfiante et captivante. Tu es superbe aussi, ce qui ne gâche rien au spectacle. Même sans maquillage.

Je le regarde horrifiée :

— Quoi ? Sans maquillage ?

Je regarde ma tête dans le rétroviseur. Effectivement, je n'en ai pas. C'est épouvantable. Mort de rire, Adrian me dit en haussant les sourcils :

— Alors, qui est superficiel là hein ?

Je fais semblant de le taper. Il sourit et me tend la main. Je la prends, en mêlant mes doigts aux siens. Sa main est chaude et la mienne doit être horriblement moite.

Arrivés chez lui, j'observe sa maison. Elle est moins clinquante et tape-à-l'œil que celle d'Harmony mais est très belle, en vieille pierre comme la nôtre. On dirait un petit manoir. Décidément, mon père ne se fichait pas de moi quand il me disait que le coin me plairait beaucoup. Le jardin est impeccable et la propriété est entourée par de grands arbres. On entend la mer plus loin, le bruit est mêlé à celui du vent dans les arbres. C'est vraiment un bel endroit.

Adrian vit un peu plus loin que les résidences, à une douzaine de minutes en voiture. C'est assez excentré et paisible.

Ses parents nous accueillent chaleureusement et nous nous mettons à table. Robyn, toujours bienveillante, est en plus une cuisinière hors pair. Bien que ballonnée par mes excès de la veille, je fais honneur à sa cuisine. J'apprends qu'elle est en réalité un traiteur réputé dans le coin. Elle a décidé de créer son entreprise depuis quelques années après avoir connu de grands chefs étoilés des quatre coins du monde. Visiblement, avoir une famille qui déménage souvent l'a aidée.

Le père d'Adrian est maintenant retraité de la marine. Il a été haut gradé et a eu un brillant parcours militaire. Trente-cinq années de loyaux services, il parle de son métier avec passion. Ils ont tous les quatre parcouru le monde, suivant l'affectation de Karl. À ce moment-là, Robyn travaillait de temps en temps pour de grands restaurants et avait arrêté son activité après avoir eu Abigaël.

Cette dernière, présente également, a fait le pitre tout le repas et n'a pas arrêté de m'embrasser et me faire des câlins.

Elle m'a montré sa chambre, violette comme elle aime (un point que nous avons en commun cela dit en passant), ses jouets, ses disques, ses livres, etc. J'écoute avec patience toutes ces histoires et finit par prendre congé discrètement. Adrian, sur le pas de la porte, nous regarde.

En sortant, il glisse ses bras autour de ma taille :

— Tu es vraiment patiente avec Abi, dit-il. Elle t'a un peu accaparée, je suis désolée mais tu commences à la connaître maintenant.

— Ça ne me dérange pas, tu sais. Elle est vraiment adorable, on dirait un ange.

— Ça se voit que tu ne vis pas avec ! plaisante-t-il. Ne le lui dis jamais, on en entendrait parler pendant des semaines.

— Tu es jaloux ? Mais toi aussi, tu es beau.

Je lui tapote la joue d'un air taquin. Il m'adresse son plus beau sourire… Je ne dois pas fondre ! Rei, résiste !

— Ah oui c'est vrai, je suis dans la catégorie des beaux gosses, fanfaronne-t-il

Nous rions. Il a l'air tellement détendu et à l'aise, ce que j'apprécie énormément. Nous nous dirigeons dans une partie de la maison qui est différente des autres. Adrian ouvre la porte. On dirait un vrai studio ! Un lit, bureau, salle de bain, tous ses instruments : clavier, batterie, deux guitares sèches, une électrique… Je me retourne vers lui et lui dis d'un air faussement choqué :

— Pas de piano à queue ?

Il éclate de rire.

— Non désolée Bella Swan.

— Quel manque de respect ! je pensais que tu me jouerais la sérénade ou que je viendrais t'écouter la nuit, vêtue d'un drap.

— Quand tu veux pour le drap.

— Mais le clavier risque de prendre cher si je m'assois dessus.

— Exact. Sans vouloir te froisser.

Il marque un temps d'arrêt, l'air interloqué mais reprends vite le contrôle :

— Allez, arrête de me charrier, je t'avais promis quelque chose.

Il s'installe sur le clavier et commence à jouer la chanson d'IAMX que j'aime tant. Je me mets derrière lui et l'entoure mes bras. La version en guitare acoustique me plaisait déjà mais au piano, c'est encore plus beau. Je profite de ce moment pour regarder Adrian. Toujours les cheveux en bataille, il semble les avoir un peu coupés et il a une barbe de trois jours à tomber. C'est vraiment un bel homme, je n'ose imaginer dans quelques années. Ses doigts glissent habilement sur le clavier. Je prends le temps de les observer.

Adrian commence à chanter. Une voix assez claire mais puissante. Il avait bien évité de préciser qu'il chantait aussi bien, ce cachottier. Il a l'air dans son élément, à l'aise. De temps en temps, il me jette un coup d'œil complice.

J'essaie de fredonner aussi, tout en essayant de le déconcentrer. Je lui souffle dans le cou, caresse ou tire doucement ses cheveux, puis je mordille son oreille. Il s'arrête net.

— Évite de faire ça s'il te plaît, dit-il, d'une voix rauque.

— Pardon, je réponds, je ne voulais pas te faire mal.

— Ça fait pas mal, mais disons que ça me rend... Enfin, arrête.

Piquée de curiosité, je continue à l'embêter. Je le sens de plus en plus tendu, il se retourne, prend mes mains et les plaques sur mon torse.

— Sérieusement Rei, ne fais pas ça.

Son ton a été plus dur cette fois-ci. Où est passé le garçon détendu de tout à l'heure ?

Vexée, je recule et je vais m'asseoir sur son lit et regarde par la fenêtre. Il se rassoit et joue Rivers flows in you. Pourquoi m'a-t-il rejetée de la sorte ?

Hier, il était si proche, et maintenant il semble si loin, qu'est-ce qu'il s'est passé entre temps ?

En essayant de ravaler ma fierté et mon mauvais caractère, je m'approche prudemment de lui.

— Pourquoi as-tu été blessant ? C'était pour rire, tu sais…

— Je sais bien Rei. C'était pas contre toi mais je ne voulais pas perdre le contrôle.

— Perdre le contrôle ? Comment ça ?

— Oui… Avec toi, je ne sais pas quoi dire, quoi faire. Tu me rends fou, depuis la dernière fois où je t'ai vue sur le bateau. Au début, je me disais que c'était juste… Physique. Ça arrive non ? Alors je me suis dit peut-être mais en fait, ce n'est pas du tout le cas. Alors j'ai mis de la distance car dès que tu es là, j'ai envie d'être avec toi, de te dire plein de choses idiotes, de te faire rire. Mais j'ai aussi très envie de te toucher, te sentir, et d'autre chose dont il ne vaut mieux pas que je te parle avant que tu me prennes pour un obsédé.

Je ris nerveusement. Sérieusement ?

— Je crois que c'est l'une de tes plus longues déclarations Adrian. Pour une fois, il a l'air sérieux.

Je le vois dépité et il arrête de jouer pour aller s'asseoir à son tour près de la fenêtre, sur le lit. Je m'approche de lui et lui caresse les cheveux.

— Ne le prends pas comme ça, Adrian. Je comprends ce que tu veux dire. Mais tu sais, je ne suis pas une petite fleur fragile à qui on vole sa vertu. Depuis que je te connais, j'ai rejeté tout potentiel prétendant mais je n'avais pas compris que c'était sûrement à cause de toi. Je t'aime énormément en fin de compte et je te désire depuis longtemps, crois-moi.

— Tu m'aimes… énormément ?

— Oui, je sais, pour le coup là ça fait fleur bleue. C'est aussi inattendu pour moi que pour toi. Mais je ne voulais ni me l'avouer ni le croire. J'ai connu des mecs avant toi, des nuls surtout, et je regrette de ne pas t'avoir connu plus tôt.

— Pareil.

Il s'allonge, je pose ma tête sur son torse. Les battements de son cœur sont comme une mélodie, j'écoute, ils me bercent.

— As-tu connu beaucoup de garçons ? m'interroge-t-il, les yeux rivés sur le plafond. Je te demande ça par simple curiosité, hein.

— Pas beaucoup. Quelques-uns.

— Mais quelqu'un t'a marquée.

— Oui, ai-je fini par admettre. Je pensais vraiment l'aimer. Il s'appelait Max.

— Il n'est pas mort, tu sais.

Ah oui, son sarcasme. Je ris et déclare :

— Oui, mais en tout cas tous les sentiments que j'ai éprouvés pour lui sont bien morts. Je lui ai donné beaucoup trop alors qu'il ne le méritait pas.

— Tu veux dire que…

— Oui, beaucoup donné. Je ne regrette pas, ce que je déplore c'est qu'il ait pris ça à la légère. Il a fini par me tromper avec une fille que je pensais être ma meilleure amie, quand je l'ai su je lui ai dit ses quatre vérités. Il a essayé de me récupérer mais c'était trop tard pour moi.

— Tu ne donnes pas de seconde chance alors.

— Tout dépend de la personne Adrian. Et toi, as-tu connu beaucoup de filles ?

— Si tu entends par coucher avec, répond-il, pas autant que tu ne le penses. Deux filles. Je pensais me « réserver » pour la fille, mais j'avais perdu espoir. Contrairement à toi, j'avoue regretter. C'est con tu trouves pas ?

Je secoue la tête avec un petit sourire. Bien sûr que non ça ne l'est pas, c'est même surprenant d'entendre ça. Adrian sentimental ? Cela ne m'étonne pas. L'idée de se préserver cependant ne me serait jamais venue à l'esprit. C'est assez rare, voire même poétique pour l'époque dans laquelle nous vivons. Je relève la tête et lui dépose un baiser sur ses belles lèvres. À vrai dire, je crois qu'il n'y a rien de laid sur Adrian en général. Nous nous regardons un moment, sans rien dire. Il me caresse doucement le bras et moi son torse.

Plus tard, il me raccompagne chez moi et pose un baiser chaste sur mon front. Sans réfléchir (ce qui m'arrive un peu trop souvent ces derniers temps), je me jette à son cou et l'embrasse. Il répond en me rendant un fougueux baiser et me serre contre lui, je sens que ça pourrait déraper rapidement mais je chasse cette idée de mon esprit en me laissant entraîner.

J'en profite pour passer mes mains sur son torse, glissant mes doigts dans le col de son t-shirt. J'en avais envie depuis le début de l'après-midi. Son torse semble, au toucher, lisse et bien fait. Il en fait de même, passant ses mains dans mon dos. Mon corps s'embrase au contact de ses doigts posés directement sur ma peau. C'est complètement dingue l'effet qu'il me fait. Pourtant, nous n'allons pas plus loin dans cette étreinte passionnée.

Adrian s'arrête, haletant, et me conseille de, je le cite, « partir gentiment avant qu'il ne m'arrache mes fringues ». Je crois qu'il a raison. Ce n'est qu'un premier rendez-vous après tout. Mais comment résister ? Il faut absolument que je reprenne le contrôle, moi aussi.

En rentrant, je dîne avec mon père, silencieuse. Je finis par lui parler un peu d'Adrian (sans les détails de la journée, cela va de soi). Il me dit :

— C'est un chouette garçon, même s'il a l'air un peu bizarre mais qui se ressemble s'assemble ma fille.

Il m'adresse un clin d'œil complice pendant que je lève les yeux au ciel. Le soir, je me retourne dans mon lit, sans trouver le sommeil. J'appelle Armand et lui raconte tout, comme d'habitude. Il me parle de Jake. Finalement, je crois que lui aussi s'est fait avoir dans son propre jeu. Je me moque de lui, il me balance une vacherie et nous raccrochons. Adrian n'a pas donné de nouvelles pour le moment. Pense-t-il à moi en ce moment ?

Chapitre 13
Psycho

Toujours pas de nouvelles d'Adrian, depuis quinze jours. Je déteste quand il fait ça. J'ai passé le jour de l'an chez moi avec Armand à nous saouler devant les jeux vidéo. Mon père faisait un pot avec la société, mon oncle et mon grand-père.

Toutes les bonnes choses des fêtes de fin d'année ont pourtant une fin. Je suis fâchée contre Adrian qui ne répond pas aux SMS ni à mes appels.

Je vais voir Harmony au retour au lycée. Elle me prend en « aparté » :

— Non il passe des concours ou des tests pour des écoles je crois. Il ne donnera pas de nouvelles avant au moins un siècle tu sais il est comme ça.

— Sûrement, mais ça m'énerve, il aurait pu me le dire.

— Il m'a pas dit que vous sortiez ensemble, alors tu sais...

— Pourtant tu viens de me dire qu'il était occupé, tu en sais plus que moi visiblement, je réplique. On n'est pas ensemble.

— Je sens ces choses-là, fanfaronne-t-elle, c'était évident de toute façon. Vous sortez ensemble, je le sens ! Vous vous êtes bien trouvés. Ah au fait son pote m'a branché, il n'arrête pas de m'envoyer des SMS et tout ! Bon je suis pas très tatoué, genre mec torturé artiste...

102

— Harmony ? Je pensais que j'étais pas ton amie.

— Ah oui ! Bah, viens réviser avec moi ce soir, mes parents seront pas là, tu me parleras d'Adrian et je te parlerai de Mathis. C'est pas classe comme prénom ? Son père est canadien, son accent est a-do-ra-ble.

Après les cours, je quitte Armand en lui disant où j'allais comme à mon habitude.

— Je passe te voir après Armand, on ira manger quelque chose au port ?

— Ouais, ça me tente, beauté.

Je l'embrasse, envoie un SMS à mon père et pars chez Harmony en bus. Cette teigne ne m'aurait pas attendue. J'arrive chez elle en lui faisant la remarque.

Elle s'excuse et s'empresse de me raconter toute sa vie, que tout va bien depuis qu'elle a rencontré Mathis. Quelle pipelette ! Mais son flot de paroles me fait penser à autre chose que Lui.

Soudain, je pense entendre un bruit.

— C'est quoi ce bruit ?

— J'en sais rien, ça a l'air de venir du sous-sol répond Harmony. Laisse tomber, ça se trouve c'est la gouvernante qui fait un truc. Je pensais pourtant qu'elle était en congé aujourd'hui.

Nous continuons à discuter. Autre bruit.

— Bon OK là je flippe, dit Harmony. On appelle les flics ?

— Tu crois ? Je suis sûre que ça doit être une bestiole ou je ne sais quoi. Ta maison doit être une forteresse tu sais, donc je ne pense pas qu'il soit utile de paniquer.

— Non, Rei, je crois qu'il y a quelque chose. Je prends mon téléphone au cas où, on va descendre et s'il y a un problème j'appelle en te laissant en pâture au serial killer.

— J'en attendais pas moins de toi espèce de peste, je réplique.

Elle me tape gentiment le bras d'un air complice. Arrivées en bas des escaliers du sous-sol, il n'y a rien. J'allume la lampe de mon téléphone (deux portables valent mieux qu'un), en cherchant l'interrupteur de la pièce à tâtons. Il a l'air cassé.

Tout à coup, je sens Harmony, derrière moi, me pousser dans les escaliers. Nous dégringolons toutes les deux et je lui crie dessus :

— Mais fais attention, tu as bien failli nous tuer avec tes conneries !

— Rei…

— Quoi ?

— C'est pas ma faute, quelqu'un m'a poussé dans l'escalier.

— Tu plaisantes ?

— Non, je t'assure, bredouille-t-elle d'une voix blanche, j'ai senti quelqu'un me pousser et je n'ai pas pu t'éviter.

— Bon OK, je commence à flipper, regarde l'interrupteur de plus près et j'essaie d'appeler les flics ou quelqu'un.

Elle obéit et en regardant mon téléphone, je vois qu'il n'y a aucun réseau… Je commence vraiment à angoisser. Je tape un SMS au hasard à Adrian, le SMS ne part pas. Merde. Le téléphone d'Harmony s'est écrasé aussi lamentablement que nous sur le sol et n'a pas survécu à la chute. Elle trouve une petite lampe de chevet et la branche. Miracle ! Elle fonctionne. Le sous-sol est humide et plein d'objets y sont entreposés, de quoi faire un vide grenier (de luxe, je pense).

Après avoir fait le point sur la situation avec Harmony qui devient de plus en plus pâle, nous remontons les escaliers et je tambourine la porte en criant en cœur avec cette dernière. Il s'agit sûrement d'une mauvaise blague ?

Au bout d'une heure, toujours rien. Harmony s'époumone en s'adressant à la porte.

J'essaie toujours d'appeler les secours en observant l'escalier où je vois les jambes d'Harmony, qui tape rageusement du pied par terre.

Soudain, la porte s'ouvre violemment et Harmony pousse un cri, je la vois tomber à genou, une main ayant saisi ses cheveux roux, la traînant au sol. Tétanisée, je me dis que la blague ne peut pas être d'aussi mauvais goût. Il ne se passe rien à Montebello. C'est quoi ce délire ?

Je me précipite dans l'escalier pour lui porter secours en montant les marches en deux secondes et m'extirpant du sous-sol. Harmony hurle de douleur en appelant mon nom et je me jette sans réfléchir sur l'agresseur.

Surpris, il fait volte-face, lâche Harmony en me disant :

— C'est pas après toi que j'en ai, casse-toi pétasse !

Interloquée, je baisse ma garde. Il me colle une gifle d'une violence inattendue mais j'ai bien reconnu sa voix. C'est celle de Chris. Pourquoi s'était-il décidé à se venger ? De quoi d'ailleurs ? Elle ne l'avait pas publiquement humilié non plus même si elle l'a rejeté. Je recule de quelques pas, étourdie par la gifle, et continue d'avancer, les mains en avant en essayant de le raisonner. Le coup m'a brouillé la vue, je cherche la chambre d'Harmony comme si j'étais aveugle.

— Harmony ! Réponds-moi !

La douleur commence à poindre dans mon crâne. La chambre d'Harmony étant au rez-de-chaussée, je continue d'avancer à l'aveugle et trouve par miracle la chambre. Ma vue revient doucement et je rentre en trombe dans la chambre.

Il avait pénétré dans la chambre d'Harmony et l'avait attachée au lit. Je pensais pouvoir riposter à son attaque-surprise en me jetant à nouveau sur lui sans réfléchir, mais il s'avère que le « chétif » ne l'était pas du tout et m'a maîtrisée en quelques secondes.

Il me fait subir le même sort avec des liens de serrages, contre le radiateur. Je me débats de toutes mes forces, en voyant Harmony en larmes et en état de choc. Elle le supplie d'arrêter qu'elle ne dira rien, mais il n'écoute pas, aveuglé par la rage. Je n'ai jamais vu ce regard dans les yeux d'un être humain, comment peut-on garder autant de rancœur ? Il semble déterminé.

Je n'ose même pas imaginer ce qu'il va faire. Je pense au pire, et je suis là à assister à une scène probablement immonde. Impuissante.

Chris l'embrasse de force et la touche un peu partout. Nous hurlons toutes les deux, est-ce que quelqu'un nous entend ? Mon téléphone est dans le hall, tombé de ma main lorsqu'il m'a frappée. J'ai le visage qui brûle et je lui crie dessus. Peut-être qu'en l'humiliant je peux nous faire gagner du temps ?

— Arrête Chris ! Tu vois bien qu'elle ne veut pas de toi ! T'es qu'un dégueulasse, un porc !

— Ta gueule toi, répond-il, tu ne vaux pas mieux qu'elle, tu te donnes un style mais tu n'es qu'une sale petite pute.

— Et qu'est-ce que tu vas me faire ? Tu crois que tu m'impressionnes ? T'es obligé de forcer les filles pour coucher avec toi ? T'es pitoyable !

Je sais que ces paroles sont risquées mais je recherche désespérément une idée. Je tire de toutes mes forces sur les liens de serrages, blessant mes poignets. Ils ne cèdent pas.

Furieux, Chris lâche Harmony avant de la traumatiser davantage et se tourne vers moi, l'air menaçant.

Ce n'est pas la meilleure idée que j'ai pu avoir mais au moins, il lui reste encore une partie de ses vêtements sur elle. La pauvre est en état de choc, elle pleure et appelle à l'aide.

— Je vais commencer par toi alors, sourit Chris.

— Non, supplie Harmony, laisse-la tranquille. Tout est ma faute Rei, pardonne-moi, sanglote-t-elle.

On dirait un vrai sadique. Il approche son visage de cette dernière, impuissante et vulnérable. Puis se relève, et s'accroupit vers moi. Je suis terrorisée mais cette impression me donne un air de déjà vu, comme si ce n'était pas la première fois que je me trouvais en danger. Je fais mine d'être impassible, même quand il pose une main sur moi et commence à passer sa main sous mon t-shirt.

C'est une sensation horrible, j'ai envie de vomir, de hurler, de lui faire du mal mais il est en position de force. Il remonte mon t-shirt, laissant apparaître mon soutien-gorge et il fait mine d'embrasser ma poitrine.

Je ne peux pas le laisser faire cela et je finis par perdre mon sang froid. Profitant de mes jambes libres qui, contrairement à celle de ma compagne d'infortune ligotée à son lit, je balance mon genou de toutes mes forces dans son entrejambe.

Chris pousse un cri sourd et profère d'horribles insultes en restant à genou. Mais pour l'instant, il est hors-jeu et je parviens à rompre mes entraves, non sans douleur.

J'en profite pour lui asséner un violent coup de Doc Marteens dans les côtes et me précipite vers Harmony, tentant de la libérer de son lit. Les jambes, un bras…

Mais tout à coup, je me fais tirer en arrière et je tombe à la renverse, Harmony, à moitié libérée, tente de s'interposer et se reçoit un coup puissant sur la tête. Elle pousse un cri, s'écroule sur le sol, inerte, une main toujours attachée à son lit à barreaux.

Démunie, sonnée, je suis rouée de coups et la douleur me fait pousser des hurlements sourds. Je me roule en boule, incapable de riposter mais au moins j'essaie de limiter les dégâts. Merci les cours de self défense.

Dans cette violence, je ne vois pas un garçon bafoué, mais plutôt un jeune homme qui a de sérieux problèmes. Chris, bien qu'amoché par mes notions de combat se mit à cheval sur moi et serra mon cou. Il me regardait fixement, avec une lueur folle dans les yeux, il écume de rage.

Je ne sais pas pourquoi mais je me dis à ce moment-là que nous n'avions pas mérité toute cette violence gratuite. Aurais-je pu penser qu'à Montebello, quelqu'un de si mal intentionné passe du fantasme, à l'obsession puis à l'agression ? Si je n'avais pas été là, Harmony aurait sûrement été violée, tuée, et pire encore.

Papa s'en voudrait tellement si aujourd'hui je disparaissais entre les mains de ce taré… Il voulait tellement qu'on reparte à zéro. Que ferait-il si je partais ce soir ? Cette pensée me serre le cœur. Je pense à mon oncle, mon grand-père, Armand et surtout à Adrian… Adrian, que j'aime tant. J'aurais tellement aimé lui montrer à quel point il compte pour moi…

Je sombre dans un état de semi-conscience… J'ai même l'impression d'entendre sa voix… Adrian…

Et je finis par me dire que c'est la fin. Je perds conscience en m'enfonçant dans un trou noir sans fond.

Chapitre 14
In your light

Je rentre de Capestre, après quelques jours passés avec Abi et mes parents car ma mère avait organisé un banquet pour un gala de charité. Ma sœur s'est beaucoup amusée et a ramassé des coquillages sur la plage là-bas. Elle en a ramassé un spécial pour Reika.

J'ai pensé à elle, tous les jours, toutes les nuits. Mais je n'ai pas osé la contacter. Je sais qu'elle passera ses examens bientôt et que ça compte pour elle (et surtout pour Ruben). Il me l'a bien fait comprendre et ma concentration est vite ébranlée dès que j'entends sa voix ou lis ses messages.

M'en voudra-t-elle à mon retour ? Je n'en sais rien. Je suppose. Je compte bien me rattraper. J'aimerais tant être avec elle, tout le temps.

Rei me rend littéralement fou. J'ai pourtant connu des filles, de très belles, intelligentes ou gentilles mais elle est tout à la fois avec quelque chose en plus. Je n'oublierai jamais la première fois où je l'ai vue. Est-ce qu'elle s'en souvient ?

Nous étions beaucoup plus jeunes, mes parents venaient d'acheter la maison de « campagne » à Montebello. À cette époque, elle avait les cheveux courts et s'habillait comme un garçon. Elle était déjà très belle, dans mes souvenirs d'enfants. Elle avait la peau beaucoup plus bronzée qu'aujourd'hui.

C'était une fête dans une grande villa, peut être la sienne d'ailleurs. Il y avait peu d'enfants et je venais à Montebello que rarement, pendant les grandes vacances d'été. Abi était hospitalisée, j'avais le moral à zéro pour un gamin d'une dizaine d'années. Elle jouait seule avec ses voitures et de vieux soldats de plomb, dans un coin de la terrasse. Son père venait de temps en temps s'assurer qu'elle allait bien et lui disait de ne pas aller dans la piscine sans une grande personne. Il me demande de la surveiller, pensant que nos deux ans d'écart pesaient dans la balance.

Je suis venu la saluer, elle m'a regardé et a souri. On aurait dit un ange. Elle devait avoir 8 ans, je pense. Elle m'a parlé gentiment en me tendant ses jouets.

Mais je ne l'ai plus jamais revue ensuite car mon père a été affecté sur une base militaire en Asie et ne suis revenu que cinq ans plus tard dans cette ville.

Puis, nous sommes restés, avec ma mère et Abi et nous avons trouvé un centre pour Abi où elle se plaisait. Nous ne voyions que peu souvent papa mais je garde des souvenirs heureux depuis que je suis ici.

Par la suite, j'ai connu Harmony, qui avait sauté une classe et s'est retrouvée dans le même collège que moi. Elle se faisait embêter à l'époque par les petites poupées cruelles de l'établissement. J'étais son protecteur. Nous avons connu un bref épisode amoureux. Mais Harmony a la tête bien faite, que ce soit à l'intérieur qu'à l'extérieur. Sa mère n'avait pas la vocation d'en faire un petit génie mais plutôt une reine de beauté, ce qui a marché un temps.

Nous sommes restés proches, mais ce n'était plus la fille que j'avais connue, elle aimait l'apparence et se contentait d'être mon amie, de loin pour ne pas entacher la réputation que sa mère a bâtie autour d'elle.

C'était ma première idylle, d'autres se sont suivies mais se ressemblaient toutes. Cela donnait le change car je pensais rencontrer quelqu'un d'exceptionnel. J'ai même dû croire à une ou deux histoires où j'ai donné mon cœur et bien plus. On me l'a rendu en miette et je pensais qu'au moins j'ai pu profiter de la tendresse (même éphémère) d'une jeune femme. J'avais fini par renoncer. À chaque fois, je m'accroche et le résultat est merdique. Jusqu'à Rei.

Reika est sincère, quoiqu'un peu sur la défensive, sanguine, caractérielle, passionnée. Elle ne cache pas ce qu'elle est et a su, d'après ce qu'elle m'a raconté, se retrouver, contrairement à Harmony d'ailleurs. J'aime l'observer. C'est un peu bizarre, ça la met mal à l'aise mais elle est vraiment belle, qu'elle porte ses robes tutu improbables ou un simple jean, son style atypique me surprend souvent mais dans le bon sens. Même si elle est différente des autres, elle a beaucoup de classe, j'admire cette assurance qu'elle montre. Je crois qu'elle ne se rend pas compte de ce qu'elle dégage.

Elle me fait littéralement sortir de mes gonds, à chaque fois et ça me rend dingue.

Jamais je n'aurais pensé qu'elle puisse me regarder autrement qu'un petit gosse de gens aisés. Je me demande parfois ce qu'elle me trouve...

Nous ne sommes pas souvent d'accord, mais nous sommes comme des aimants et nous retrouvons toujours, que ce soit involontaire ou non. Elle écoute ma musique avec autant de passion que ma sœur et c'est l'un des plus beaux cadeaux qu'on puisse me faire. Je ne le lui ai jamais dit. Cela me fait tant plaisir de l'entendre reconnaître une chanson ou s'enthousiasmer pour une mélodie. J'ai travaillé dur pour apprendre la musique, mais Rei vit et ressent la musique, cela s'entend quand elle chante, sans s'en rendre compte.

Je ne m'attendais à rien, juste profiter d'un peu plus d'une année sabbatique après mes examens. Même si mon père m'a rappelé à l'ordre, j'aurais pu au moins profiter de ces instants avec elle mais c'est trop tard maintenant.

En rentrant à la maison, j'ouvre le courrier pour toutes les démarches que j'ai effectué récemment, sous la pression de mes parents. Étant donné que j'avais passé 1 an et demi à procrastiner, j'avais quelques mois devant moi pour faire quelque chose (pas des vacances, rappel de mon père) et passer des concours pour des écoles.

— Maman, papa, j'ai les résultats de mes demandes !

— Ah ! il était temps ! dit mon père. Bon tu ne m'as pas expliqué ton projet mais je t'écoute.

Je déchire les enveloppes et lis attentivement chaque contenu. Je lis à haute voix et mes parents sautent de joie. Toutes mes demandes ont été acceptées.

— On va fêter ça avec un super dîner, s'enthousiasme ma mère.

— Abi faim maman ! répond ma sœur en tapant dans ses mains.

Mon père me serre dans ses bras. En nous dirigeant vers la cuisine, je trouve mon portable que j'avais laissé, livré à lui-même. Je n'avais pas vu un SMS. C'est Armand : « des nouvelles de Rei ? ». Je tapote sur mon téléphone : « non pourquoi ? »

Je finis par l'appeler.

— Salut mec, désolé, ça ira plus vite, je suis assez lent pour écrire les SMS.

— Pas de soucis, dit Armand. Écoute, j'ai pas envie de te faire flipper mais Harmony et Reika sont ensemble depuis des heures et je l'attends chez elle depuis plus de 30 minutes avec son père. Elle ne m'a pas rejoint au port, nous devions aller y manger. On essaie de l'appeler mais ça tombe sur sa messagerie. On va aller chez Harmony mais je pense qu'elles doivent juste discuter de trucs de gonzesse.

— Mouais… Tiens-moi au courant. Attends, j'ai reçu un autre SMS, quitte pas je regarde ça se trouve, c'est elle.

Je regarde mon portable et blêmis. Putain, qu'est-ce que c'est que ça ?

— Adrian, t'es toujours là ?

— Armand, je suis très sérieux : appelle les flics, et rejoint moi chez Harmony, je suis à dix minutes en voiture de chez elle. Je crois qu'il se passe quelque chose de grave.

— Quoi ? Sérieux ? Adrian ?

Je raccroche sans écouter la suite, prends les clés de ma voiture et prends mon père en aparté. Je lui montre mon téléphone. En lisant le SMS, il me dit simplement :

— Je ménage ta mère et Bibi. Ne fais rien de stupide et sois prudent. Je viendrais bien avec toi mais…

— Je sais papa, maman et Abi se poseraient des questions et t'inquiètes pas, la police est prévenue. Elle a besoin de moi. Ça se trouve ce n'est rien.

— N'oublie pas ce que je t'ai appris mon fils. Au cas où.

— T'inquiète pas.

Je sors de chez moi en trombe et fais vrombir le moteur de ma voiture. En conduisant comme un chauffard, je repense au SMS de Rei. Il est en abrégé (pas dans ses habitudes) et dit ceci :

« p-ê en danger, enfermées dans la cave de H, ns avons peur, préviens qqn, jtm ».

En cinq minutes, j'arrive à la villa de Harmony. Sans réfléchir, je me dirige vers la porte, qui est fracturée. J'entends les sirènes de la police au loin. Puis, des cris, ceux d'Harmony, un gros « boom ». Ceux de Rei ensuite, perçants, puis sourds, douloureux. Le bruit s'atténue.

J'entre et cours comme un fou vers la chambre d'Harmony. Elle est étendue par terre, inconsciente, un coquard à l'œil, à moitié nue et pleine de bleue. Mais le spectacle le plus horrifiant, je l'ai sous les yeux. C'était Chris, le frère d'un ancien camarade de classe. Cette espèce d'animal est en train d'étrangler Reika. Elle se débat faiblement. Suis-je arrivé trop tard ? Trop exalté par son geste barbare, je crie un « non » et lui rentre dedans de toutes mes forces. Il se fait projeter lourdement contre le mur et tente de se relever péniblement. Lui aussi a dû se prendre des coups car il est aussi amoché.

Aveuglé par la rage, je lui assène de toutes mes forces un coup de poing en pleine figure et le mets KO. Les cours de boxe et l'entraînement de papa quand j'étais ado auront au moins servi à quelque chose.

Je regarde en direction d'Harmony, qui remue doucement, complètement sonnée.

— Ça va, *dit-elle faiblement.*

Puis je me jette à genou près de Rei. Elle est complètement inerte et ne réagit pas. J'ai l'impression qu'elle ne respire plus, je suis désespéré et malgré moi, des larmes roulent sur mes joues. Quel monstre ! Si Reika était debout, je l'aurais étripé cette espèce de merde.

— Reika, tu m'entends ? J'entends la police, l'ambulance, elles viennent pour vous, mais je t'en supplie, respire, respire !

Je prends son pouls. Rien. Je tente un massage cardiaque, en espérant bien me souvenir des cours de secourisme que j'ai pris par le passé. La théorie est beaucoup plus marrante sur un mannequin que la pratique. Celle-ci est encore pire, si vous tenez à cette personne. Est-ce déjà trop tard ? Je compte, puis souffle, compte et souffle. Un, deux, trois, souffle. Un, deux, trois, souffle. Et si elle est morte ?

— Reika, je t'en supplie, reviens moi, reviens moi, dis-je d'une voix étranglée par le désespoir.

Des gens entrent dans la pièce et m'arrachent à Rei. Je me débats vivement, crie son nom. Lâchez-moi putain !

En état de choc, je crois comprendre qu'Harmony reprend peu à peu ses esprits et on m'ordonne de quitter la chambre pour qu'ils s'occupent de Rei.

Que se passe-t-il ? Comment peut-on, un jour être dans le calme d'une petite cille, puis tout bascule à cause d'une personne qui fait le mal et y prend plaisir ? Je vais tuer ce connard. Je vais le tuer.

Je suis dans le couloir, assis par terre, la tête entre les mains en me balançant de façon frénétique. L'idée de la perdre me frappe comme la foudre.

Désemparé, embrouillé dans mes pensées, des voix familières me parviennent. Ruben, Armand, mes parents et ceux d'Harmony sont là, tous sous le choc. Le père de Rei est livide, son teint, habituellement bronzé, vire au grisâtre. Lui, qui paraît toujours aussi sûr de lui, aussi calme, est au bord de l'hystérie :

— Où est ma fille ? Où est Reika ?

— Monsieur, calmez-vous, ils stabilisent votre fille avant de l'amener à l'hôpital, il s'agit d'une agression, calmez-vous, je vous en prie, *lui répond un secouriste*

— C'est ma fille, *répète-t-il,* c'est tout ce que j'ai au monde vous comprenez…

Il ne finit pas sa phrase, bouleversé.

Harmony est déjà en route pour l'hôpital. Je vais voir ses parents, qui sont aussi perdus que moi. Sa mère me demande :

— C'est cette espèce de malade mental qui a agressé ma fille et sa pauvre amie ?

Elle désigne de son doigt parfaitement manucuré Chris entouré de policier et son mari l'empoigne, précédé de Ruben, en le secouant comme un prunier :

— Tu as voulu faire du mal à ma fille ? Tu vas le regretter jusqu'à la fin de tes jours, si ça ne tenait qu'à moi je te tuerais sur le champ, tu comprends ? *hurle-t-il*

Les policiers et les secouristes s'interposent et emmènent Chris à l'hôpital – un autre hôpital – pour ses blessures et son nez cassé. La mère d'Harmony sanglote contre son mari, j'essaie de les réconforter comme je le peux. Ils doivent s'en vouloir d'être partis dans leur bungalow pour leurs vacances. Ils me remercient d'être là – comme toujours.

— Nous allons rejoindre Harmony, *dit madame Sumer.*

Elle s'avance vers Armand et Ruben en leur souhaitant bon courage.

— Je suis désolée de vous rencontrer en de telles circonstances, monsieur Verans, sincèrement.

— Également madame Sumer. Allez prendre soin de votre fille.

Elle pose sa main sur son épaule en guise de réconfort et retourne auprès de son mari.

Les médecins réussissent à stabiliser Reika et l'emmènent à l'hôpital en un éclair. Nous nous ruons dans nos voitures pour les suivre.

Quelques heures plus tard, nous apprenons pendant que nous patientons à l'hôpital qu'Harmony a été agressée et frappée par Chris qui s'apprêtait à faire bien pire sur sa personne si Reika n'était pas intervenue. Elle souffre de maux de tête dus aux coups mais s'en sort avec quelques points de suture, a des contusions et des bleus un peu partout et devra rester quelques jours en observation à l'hôpital.

* * * *

— Sans Rei, je ne sais pas ce que ce salopard aurait fait de moi, *dit-Harmony tristement.* J'espère qu'elle va s'en sortir, tout ça est ma faute.

— Ne dis pas de connerie Harmony, *ai-je répondu.* C'est un malade mental qui a fait une fixette sur toi, tu n'y peux rien. Je te connais.

Elle m'adresse un faible sourire et prononce des paroles incompréhensibles avant de sombrer dans un sommeil profond. Elle fait vraiment peine à voir mais les calmants font leur effet.

Ses parents lui ont ramené toutes ses affaires préférées et sa mère est descendue au kiosque de l'hôpital pour lui ramener une pile de journaux à scandale.

Je retourne voir Armand et Ruben qui font les cent pas dans la salle d'attente. Son grand-père et son oncle sont venus dès que possible. Ils ont tous les yeux bouffis et semblent épuisés. J'apprends que Rei est au bloc pour un bras cassé.

— J'espère qu'ils ne trouveront rien de plus grave, *dit son oncle Ben, l'air interdit.*

— Quel homme peut-il faire ça à une fille aussi adorable ? *se lamente son grand-père*

Armand et Ruben restent silencieux. Même les parents d'Armand se sont déplacés. Armand qui les accompagne est blême, assis par terre, les mains jointes, les yeux fermés. Je m'assois à côté de lui et nous attendons, silencieux et désemparés. Les heures passent et après une interminable attente, le médecin vient enfin à notre rencontre.

— Reika va bien, elle est en salle de réveil. Elle a le bras droit fracturé et portera un plâtre pour deux mois environ. Elle n'a pas subi d'agression sexuelle *– tout le monde déglutit à ces paroles –* mais a des bleus et contusions comme son amie. Pas de côte fracturée mais elle devra être surveillée de prêt au vu des coups qu'elle a dû prendre au niveau du ventre. Je pense qu'elle a eu de bons réflexes défensifs, malgré la violence de cette agression. Elle va remonter de la salle de réveil dans 30 minutes environ.

Tout le monde pousse un soupir de soulagement. J'appelle mes parents, qui ont couché Abi mais qui tournaient en rond comme des lions en cage dans la maison. Ils ont l'air rassurés.

Son corps se remettra, mais le reste ? Je regarde Armand, qui semble penser la même chose que moi. Elle aura vraiment besoin de tout son entourage, peut-être de moi aussi. J'aimerais lui dire à quel point elle compte, dois-je tout laisser tomber pour elle ?

Chapitre 15
Powerful

Il fait tout noir, j'ai froid. J'entends des bruits sourds, comme des voix. Il y a du mouvement autour de moi mais je ne parviens pas à comprendre ce qui se passe. Des cris, des pleurs ? Je sens mon corps flotter, puis à nouveau ce trou noir.

Je me sens lourde, ankylosée. Encore cette sensation de flottement, mes pensées reviennent peu à peu.

J'entrouvre les yeux d'un air pataud. Plus d'obscurité, mais une lumière vive. Je recommence à avoir des sensations de mon corps. Mes orteils bougent, mais mes jambes sont lourdes comme si elles pesaient une tonne. Une grande inspiration me fait revenir à moi et je suis prise de panique aussitôt. Où suis-je ??

Quelqu'un pose sa main chaude sur mon front. Elle est puissante mais rassurante. J'entends une voix grave que je reconnais tout de suite :

— Rei, c'est papa, c'est moi, ne t'inquiète pas, nous sommes là. Ne bouge pas trop, tu es à l'hôpital. Tout le monde va bien mais nous avons eu si peur…

— Hé, ma jolie, ton père a raison, on a eu une trouille d'enfer. Quel enfoiré !

C'est oncle Ben, je reconnais son franc parlé, bien que l'angoisse se fasse sentir dans le son de sa voix.

— On est tous là mon cœur, dit mon grand-père, on veille sur toi.

— Harmony... dis-je d'une voix pâteuse.

— Elle va bien, rien de cassé bien qu'elle soit choquée. Juste des bleus. Tu as été courageuse ma fille mais tu nous as énormément inquiété. Tu étais là au mauvais endroit, au mauvais moment malheureusement mais si tu n'étais pas allée chez Harmony ce soir-là, Dieu sait ce qu'il se serait passé... Enfin bon, n'y pense plus. Je suis tellement désolé, je pensais que tu ne vivrais plus jamais ce genre de chose, j'avais tort...

Je le coupe aussitôt, tout à fait réveillée maintenant :

— Comme tu dis, j'étais là au mauvais moment mais nous allons bien. Je n'ai pas envie d'y repenser papa, mais depuis que nous sommes revenus, j'ai l'impression qu'il manque des parties de ma vie que j'ai effacée. Toute cette histoire me met mal, pas à cause de la personne qui nous a agressées, j'ai l'impression que j'avais déjà cette blessure avant.

— On en reparlera ma chérie, acquiesce mon père. Remets-toi déjà de cette épreuve, tout le monde est avec toi. Sans Adrian, qui sait ce qui se serait passé ?

Il me raconte à demi-mot ce qu'il s'est passé pendant mon trou noir.

En signe de soutien, Ben, Papa et grand-père me prennent ma seule main valide. Les sensations de mon corps sont revenues et je sens une douleur lancinante dans mon bras. Je suis plâtrée et ça fait mal. Je fais une petite grimace de douleur.

— J'appelle l'infirmière, dit aussitôt mon père.

Une infirmière passe dans ma chambre accompagnée du médecin. Ils m'expliquent ce qu'il s'est passé depuis ma perte de conscience. Ils me parlent d'un traitement contre la douleur mais me rassurent. Je les écoute d'une oreille. Où est Adrian ?

Après m'avoir administré des antalgiques, ils quittent ma chambre. Mon père fait signe à mon grand-père et mon oncle. Ils me disent qu'ils vont me chercher des affaires, qu'ils reviendront vite.

Je somnole quelques instants. Quelqu'un toque à la porte. C'est Harmony, en fauteuil roulant accompagné d'Armand et d'Adrian. Je leur adresse un faible sourire.

Harmony s'approche de moi, poussée par mon ami et fait quelque chose d'inattendu, elle me prend la main. Elle étouffe un sanglot.

— Je suis t... tellement dé... désolée, articule-t-elle, t... t... tout ça, c'est ma faute, j'espère qu... que tu me pardonneras.

Elle se lève avec grande peine et me prend maladroitement dans ses bras. Je lui conseille de se rasseoir et nous commençons à discuter avec Armand. Adrian ne prend pas part à la conversation. On a l'impression qu'il n'a pas dormi depuis des siècles, pâle, le teint creux, ses yeux presque exorbités de fatigue.

— Je suis écœuré de voir des cinglés en arriver là, s'indigne Armand. Maintenant pour lui les problèmes commencent, mais n'y pensez plus les filles, c'est qu'un connard !

— Facile à dire, répond Harmony, mais mes parents sont là pour me soutenir. Ils sont venus te voir tout à l'heure mais tu dormais encore Rei. Je pense qu'ils ne vont plus jamais me lâcher maintenant. Mais on va dire que je suis contente, sourit-elle faiblement. En tout cas, jamais je ne pourrais autant te remercier, tu m'as sauvé la vie.

Elle pose sa tête sur le lit. La pauvre a une mine épouvantable et je vois la blessure qu'elle a eue à la tête. Malgré moi, je détourne le regard.

— Tu devrais aller de te reposer Mony, conseille Adrian.

— Je la raccompagne à sa chambre, propose Armand.

— Merci, je repasserai te voir dès que je pourrais quitter ma chambre. Oui, je n'ai normalement pas le droit, dit Harmony.

— T'auras qu'à dire que deux beaux mecs t'ont enlevé, plaisante Armand. Enfin un beau de sûr après…

Elle rit à ses plaisanteries et Adrian ferme la porte. Je vois dans ses yeux quelque chose que je n'avais pas perçu jusque-là : la peur, la douleur.

Je ne sais pas pourquoi, mais je commence à avoir les larmes qui coulent sur mes joues. Voir sa peine et toute cette accumulation d'émotion auront eu raison de moi. J'ai tenu jusque-là. Je mets ma main valide devant mon visage, je ne contrôle plus rien.

— Hé, hé, calme-toi Rei, on est tous là…

— Je sais, mais je me voyais mal exploser en sanglot devant Harmony, elle n'a pas besoin de ça. Désolée de te faire assister à ça mais il fallait que ça sorte.

Il s'assoit sur le lit et me prend dans ses bras. Nous restons de longues minutes, moi à pleurer sur son épaule en répétant « désolée, désolée… ». Il prend une profonde inspiration et pose sa joue délicatement contre mes cheveux.

Une fois mon calme retrouvé, je demande à Adrian de s'allonger près de moi. J'essaie tant bien que mal de trouver une position assez confortable et pose mon bras plâtré sur son torse.

— Merci d'être là Adrian. Je ne sais pas ce que je serai devenue si tu n'avais pas été là. J'ai su que tu étais intervenu avant les secours, tu nous as sauvé la vie.

— De rien… mais je t'avoue que j'ai eu tellement peur de vous perdre, Harmony était blessée à la tête et toi, tu ne respirais plus, j'essayais de te ramener mais tu ne revenais pas. J'ai cru que je t'avais perdue… Et… Et… finit-il par bégayer.

Sa souffrance est palpable.

— Je suis là, dis-je en lui posant un baiser sur la bouche.

Malgré l'inconfort de mon bras, je lui caresse du bout des doigts le cou et me redresse pour continuer à l'embrasser. J'ai l'impression que ça me réchauffe, me réconforte. Une chaleur diffuse et agréable.

Il se relève du lit et me réinstalle. Nous discutons de tout et de rien pour me changer les idées. Ma famille passe déposer des affaires et mon père prend Adrian dans ses bras pour le remercier (apparemment pour la centième fois). Mon oncle fait des blagues douteuses, nous rions ensemble. Que ferai-je sans eux ? Je prends le temps de les regarder, il ne manque plus qu'Armand et tous les hommes que j'aime seraient là avec moi. L'heure des visites est finie et une infirmière passe dans ma chambre et invite tout le monde à partir. Tout le monde m'embrasse, Armand passe en coup de vent et me dépose des fleurs avec mon téléphone et mes écouteurs. Adrian est le dernier à partir.

— Je viendrai te voir tous les jours. Si tu as besoin de moi, je répondrai à tous tes messages à n'importe quelle heure du jour ou de la nuit. Désolé de ne pas avoir répondu après que tu sois venue à la maison… Je suis vraiment désolé ma belle.

Adrian tiendra sa promesse.

Harmony passe me voir la semaine durant, elle regarde ses émissions que je qualifie de « débiles » et nous critiquons les candidats de télé-réalité, plus absurdes les uns que les autres. Nous révisons les matières que nous avons en commun et parlons de tout et de rien. Elle a vite repris ses habitudes, se maquille, s'habille sur son trente et un. Mais parfois, je la vois regarder dans le vide et son regard devient terne.

— Arrête de t'infliger ça Harmony, c'est pas ta faute. Même si tu l'as rejeté, tu ne l'as pas humilié ni tabassé en public. Il était juste obsédé par toi et il va en payer les conséquences et se soigner.

— Peut-être. Crois-tu qu'il pourrait revenir ? demande-t-elle, à moitié paniquée.

— On en saura plus en sortant mais pour le moment, pense pas à ça.

Elle m'adresse un petit sourire, puis reprend sa grande conversation. J'apprends que ses « amies » ne sont pas venues la voir (même pas une carte, une fleur, un message sur les réseaux sociaux) hormis Mathis.

— Je crois qu'il t'aime vraiment bien.

— Je pense aussi, ça change. Je devrais lui laisser une chance, peut-être que ça marchera ?

Le soir, elle doit enfin quitter l'hôpital. Je lui ordonne de se reposer.

— Je sors dans quelques jours, Armand me ramènera mes cours. Ne te fatigue pas à venir ici.

— Comme tu veux. Mais j'espère que tu feras des efforts parce que tu as vraiment une tête affreuse, si tu viens me voir chez moi comme ça je prendrai peur. Salut !

Je suis quand même triste de rester quelques jours de plus qu'elle. Même si j'ai la compagnie d'Armand, Adrian, de ma famille, un peu de présence féminine ne fait pas de mal. Même si Robyn est passée deux ou trois fois, je dois admettre que plus rien ne sera comme avant avec Harmony. Nous sommes à présent liées, nous veillons l'une sur l'autre, à notre manière.

En allant dans la salle de bain, je regarde dans le miroir. Effectivement, j'ai une sale tête. Je commence à me déshabiller pour prendre ma douche et fais un constat. J'ai maigri, mes cheveux et mon teint sont ternes. Mon bras ne me fait plus mal ni ma nuque amochée par les mains de Chris. Je garde quand même des bleus autour du cou mais les autres se sont assez bien estompés.

Quelle galère le plâtre ! Je prends ma douche le bras en l'air et ça me gratte constamment.

Je mets mon soutien-gorge de sport (à utilisation unique pour les cours) qui s'attache devant. Celui qui a eu cette idée mérite vraiment un prix Nobel. J'enfile un sweat de Nirvana et mets un pantalon noir souple car c'est compliqué encore de m'habiller avec un bras bloqué. Je brosse mes cheveux humides et renonce à les attacher puisqu'avant, je demandais à Harmony de le faire. Je décide donc de les laisser tels quels, question de pratique.

En sortant de la salle de bain, je crois voir Adrian sortir de la chambre. Bizarre, il ne porte pas de chapeau d'habitude. J'essaie de le rattraper et lâche un « hey ». Je regrette à l'avance car ce n'est pas du tout lui mais quelqu'un que je connais : Tristan.

— Ah salut, dit-il, l'air de rien. Je pensais pas que tu étais là, alors je suis parti. J'ai appris ce qu'il s'est passé. Ça va toi ?

— Euh… Oui.

Gros malaise. Qu'est-ce qu'il fiche ici ?

— Désolée mais je crois que tu es la dernière personne à qui je m'attendais à voir. Mais merci.

Je ris nerveusement, Tristan semble se détendre.

— Je savais pas si j'allais te trouver dans le noir en dépression mais je préfère te voir comme ça. Putain il t'a quand même amoché le rat.

— C'est comme ça que vous l'appeliez, non ? dis-je sur un ton de reproche.

— Ouais… Enfin bon c'était nul j'avoue. Je pensais pas qu'il péterait un câble.

— J'aurais préféré effectivement qu'il ne « pète pas un câble » mais j'espère que tu repenseras à ça et que ta bande d'imbéciles et toi ne vous comporterez plus comme des singes en rut.

— Singes en rut ? il rit

— C'est pas drôle Tristan.

— Sûrement pas, acquiesce-t-il. En tout cas si tu as besoin…

— Besoin de quoi ?

Adrian. Aïe, à son ton, il doit être furieux.

— Besoin de quelqu'un, j'sais pas moi, continue Tristan, imperturbable.

Il prend un malin plaisir à me prendre la main et me faire un bisou sur la joue sans que je puisse le rejeter.

— Salut Reika !

Il s'en va, comme si de rien n'était. Adrian est effectivement contrarié et ne dit rien jusqu'à ce que nous soyons dans la chambre.

— Quel emmerdeur celui-là ! Même quand tu n'es pas en état, il ne perd pas le nord pour venir t'ennuyer.

— Laisse tomber, ça partait sûrement d'une bonne intention. Il ne doit pas être si machiavélique que ça.

— Pff tu parles. C'est un obsédé mais bon, je suis sûre que tu lui plais. Bref, laisse tomber.

Nous passons l'après-midi à discuter. Mais je sens qu'il est tendu.

— Viens par-là, je vais te masser.

— C'est toi qui es hospitalisée, pas moi, rétorque-t-il.

— Discute pas.

Il soupire et se met sur le bord du lit, en me tournant le dos. Je passe ma main valide sous son t-shirt. Je commence à le masser doucement et il enlève son t-shirt. Il a des tatouages dans le dos. Je ne les avais jamais vus jusqu'à aujourd'hui, même à travers son t-shirt. Il a un immense dragon dans le dos. Son dos est musclé et me donne envie de l'embrasser. Concentre-toi Rei…

Je déglutis, en essayant de le détenere sans arrière-pensée. Cependant, le spectacle est tel que je commence à avoir très chaud…

Je passe ma main le long de sa colonne vertébrale, il se tortille.

— Je te chatouille ?

— Non, non, ça fait juste bizarre, c'est tout.

Je continue, cette fois-ci je m'approche de son dos, enroule mes jambes autour de sa taille et dépose des baisers dans son dos. Il se crispe, pose ses mains sur mes cuisses en prenant de grandes inspirations. Brusquement, il se retourne et m'embrasse en s'allongeant sur moi. Son baiser est fougueux et sa langue caresse la mienne avec avidité. Des papillons s'envolent dans mon ventre, je suis sonnée. Ma main agrippe ses cheveux, ce qui lui arrache un râle atrocement sensuel. Puis, je pose mes doigts sur son torse, où il y a d'ailleurs un autre tatouage dessus. J'avais complètement mis de côté le désir que j'avais pour lui depuis cet « accident » et j'ai l'impression que lui aussi. Il s'arrête :

— C'est une mauvaise idée, je crois. Tu es censée te reposer.

— Non, au contraire. J'ai besoin de toi.

Je replace ma main derrière sa nuque et nous reprenons notre long baiser langoureux. Il commence à passer la main sous mon sweat, me caresse le ventre et remonte doucement vers ma poitrine. La torture est absolument exquise. Je ferme les yeux en appréciant sa délicatesse. Il n'est ni brutal, ni trop lent. Il fait soudain une chaleur intenable, il m'aide à enlever mon sweat. Il s'arrête à nouveau et me regarde, intensément, comme il le fait toujours, comme il le fait si bien. J'ai l'impression d'être vraiment unique, de revivre. Aucune pudeur, juste nous, l'un devant l'autre, prêts à tout.

Adrian prend le temps d'embrasser chaque blessure, chaque bleu, comme s'il voulait me guérir. Peut-il le faire ? J'aimerais tant qu'il ait ce pouvoir. J'ai besoin de sentir que quelqu'un m'aime, que je compte. Ses baisers sont sincères, comme désespérés et je les lui rends avec toute la fougue que mon état de santé le permet.

Je le sens pressé contre moi, la douleur de mon corps s'envole en faisant place à un feu, tout à fait différent. Son désir et le mien grimpent et je commence à parcourir son corps tout entier. Surpris, il m'observe sans rien dire et soufflant comme s'il faisait un exercice de respiration. Je m'attarde sur ses pectoraux, ses abdominaux, puis ma main glisse encore plus bas. Il plisse les yeux, savourant ce contact érotique que j'essaie de lui procurer avec la main sur son sexe particulièrement réceptif. Ce doit être ça, le pousser à bout.

En déboutonnant son jean, il m'arrête net et nous nous observons, haletant. Ses yeux brillent d'une lueur telle des topazes. Il sonde mon regard et murmure :

— Tu es vraiment sûre ?

— Adrian, oui, ai-je soufflé. Je t'aime.

Chapitre 16
All is full of love

J'écoute en boucle « All is full of love » de Björk en attendant que mon père finisse la paperasse avec l'hôpital. Je sors enfin de cet endroit et vais retrouver ma chambre adorée, confortable et rassurante.

Assise en tailleur sur mon lit, je n'arrête pas de penser à Adrian en me demandant ce qui a bien pu nous passer par la tête. Jamais je n'aurais pensé que notre « 1re fois » à nous se ferait ici, dans ce contexte.

Pourtant, je ne regrette pas, c'était un après-midi magique.

Pour le peu de comparaison que j'avais, il était de loin le meilleur, le plus doux, le plus attentionné des garçons que j'ai connus. Il a su être tendre, à embrasser mon corps tout entier et prendre le temps de me découvrir, ce que peu d'hommes ont fait avant lui. C'était délicieux…

Mais je me demandais, avait-il eu le même ressenti que moi ? Je sais bien que je ne suis pas la première fille pour lui.

Nous avons pu en discuter, peut-être qu'inconsciemment, le fait qu'il n'ait jamais réellement aimé ni eu de partenaire expérimentée (sexuellement parlant) me mettait au défi de faire mieux. Même s'il donnait l'impression d'être exalté à ce moment, était-ce assez bien pour lui ? Il ne m'a jamais dit je t'aime, même pas au moment crucial.

Dois-je lui laisser plus de temps ? Ou est-ce que c'est moi qui le lui ai dit trop rapidement ?

Quelle imbécile, pourquoi l'ai-je dit ?

Mon père me ramène à la maison, mon oncle et mon grand-père sont là. Nous passons un après-midi sympathique. Nous risquons même une petite balade en mer en famille. Mais je ne suis pas encore vaillante pour faire autant de choses dans une même journée. Adrian n'a pas donné signe de vie à ma grande déception.

J'appelle Armand, au courant de l'histoire. Il me conseille de ne pas le harceler. J'appelle Harmony, qui me dit de l'appeler pour lui dire de me contacter sous peine de mort. Merci, les amis.

Le soir, mon père m'apporte à manger dans ma chambre, en grimaçant à la musique que j'ai mise à fond.

— Tu devrais baisser ton rock de fou ma chérie.

— Ça m'évite de penser, papa, et c'est du métal.

Il ne dit rien, pour une fois, et quitte ma chambre.

Je grignote, je commence à m'énerver toute seule de ne pas être rappelée par Adrian.

« I am a slave, and I am a master... »

— Je te dérange ?

Je me retourne, c'est Adrian. Énervée mais soulagée, je baisse le son de la musique.

— Non comme tu le vois, je réponds sèchement.

— Je crois qu'il faut qu'on parle

— Je crois aussi.

— Je pensais que tu avais besoin de temps pour… La dernière fois. Je ne voulais pas être envahissant.

— Envahissant ? Je te le dirais, le jour où ça pourrait arriver.

— OK, rit-il. Bon, sérieusement, je dois te parler. J'avais beaucoup de choses auxquelles penser et je t'avoue que mes gestes ont dépassé mes pensées hier. Je n'aurais pas dû... Même si je ne regrette pas, s'empresse-t-il d'ajouter en voyant ma mine contrariée.

— Je ne regrette pas non plus. Mais je me demande si tu as apprécié ce moment.

— Plus que tu ne le crois Rei, sincèrement.

Il me caresse la joue. Cependant, ce contact n'est pas aussi tendre que d'habitude. Pourquoi est-il si distant tout à coup ? Il reprend :

— En fait, je ne pensais pas rencontrer quelqu'un comme toi, ni de vivre les derniers évènements. Ma vie était bien tranquille, quoique monotone. J'avais décidé de ne rien faire après mon année de prépa, en attendant de me décider par rapport à mon avenir.

— C'est vrai que nous n'en avons pas parlé.

— Exact, continue Adrian, Donc j'avais plusieurs options. J'ai finalement été accepté dans une école à Capestre mais la rentrée se fait en avril. Je voulais également bosser pour le temps qu'il me reste avant la rentrée.

— C'est une bonne nouvelle non ? Tu ne seras pas loin.

Il ne répond pas. Je lui demande alors :

— Mais ce n'est pas tout, c'est ça ?

— Non... En fait, j'ai eu la réponse pour le job que je voulais faire avant de rentrer à l'école. Je serai en mer, d'ici quelques jours et jusqu'à fin mars.

— Ça veut dire qu'on ne se verra plus du tout ? Pendant presque deux mois ?

— Non, pas de contact du tout, c'est un boulot en haute mer. Je sais, c'est assez inattendu.

— C'est pour ça que tu ne me donnais plus de nouvelles Adrian ? Tu crois que deux mois me font peur ?

Il fronce les sourcils.

— En réalité Rei, je n'avais pas prévu de rencontrer quelqu'un. J'aurais déjà dû partir mais je t'ai rencontrée. Je ne peux plus repousser l'échéance. Tu comprends, même quand je reviendrai, je n'aurais pas le temps d'être distrait.

— Distrait ?

Sérieusement ? Il prend une mine contrite. Je reprends en insistant :

— Je suis une distraction ?

— Oui… Enfin pas dans le sens où tu l'entends. Je dois me concentrer sur mon avenir. Je ne suis pas comme toi, si je ne travaille pas, je n'arrive pas à être bon, voire le meilleur, contrairement à toi.

— J'ai redoublé je te signale.

— Tu as saboté volontairement ton examen. J'ai redoublé moi aussi, cela étant dit.

C'est vrai.

— Donc en résumé, je t'ai retardé dans tes études ? Excuse-moi, mais tu aurais pu m'avoir il y a bien longtemps et tu aurais pu partir plus tôt également.

— Je n'y arrivais pas. C'est pour ça que je ne voulais pas aller vers toi mais derrière, mes parents me mettaient la pression pour que je ne reste pas inactif. Et j'ai su que j'étais accepté avant que je reçoive ton SMS, quand tu étais chez Harmony.

— Mais je ne comprends pas… Qu'est-ce qui nous empêche de nous fréquenter ? ai-je demandé.

— Je pense qu'on devrait tous les deux se concentrer sur nos avenirs. Le reste, on verra.

— Quand tu dis ça, j'ai l'impression de n'être rien du tout pour toi.

— Tu es beaucoup plus que ça Rei.

— Mais tu ne me diras jamais que tu m'aimes ni que tu te sentes capable d'assumer ça et de préparer ton avenir. Tu te compliques la vie pour rien, c'est dramatique !

— Entends-le comme tu veux Rei, s'énerve Adrian.

— Parfait ! C'est parfait ! Tu ne m'aimes pas, pas assez, tu préfères céder à la pression de ta famille alors que j'aurais pu comprendre que tes études comptaient à ce point. Tu m'as fait poireauter, battu le chaud et le froid, j'ai attendu. Tu me donnes pour reprendre et je pense que c'est bien pire ainsi. Maintenant, j'en ai marre ! Fiche le camp et laisse-moi tranquille !

— OK… Bon, je m'en vais alors.

J'ai envie de lui jeter quelque chose au visage. Depuis quand tout ça est un motif de rupture ? On se quitte avant de se mettre en couple ?

Se faire plaquer alors qu'on n'est même pas ensemble, le lendemain de notre première fois, tout ça pour ne pas s'engager et être à fond dans ses études, c'est vraiment aimer se compliquer la vie pour rien.

Les hommes sont toujours complexes, on dit que les femmes se prennent souvent la tête, quelle connerie ! Toi, moi, on s'aime bien, on essaie, et si ça marche on est contents ? C'est pas une équation, juste une logique non ?

Énervée, je remets ma musique à fond. Je reprends les cours demain en même temps que Harmony.

Chapitre 17
Hush

Je ne réponds plus aux messages d'Adrian. En arrivant en cours, Armand remarque ma mine dépitée. Je lui raconte mes déboires à la cafétéria devant un macchiato.

— Merde Rei, désolé. Je pensais pas qu'il ferait ça après tout ce qu'il a fait pour toi.

— Je sais bien, ai-je répondu. Tu sais ce qui me blesse le plus, c'est qu'il n'essaie même pas de nous donner une chance. Ce n'est pas parce qu'on coupe les ponts pendant deux mois et qu'après il sera débordé que j'allais renoncer. Il ne doit pas du tout croire en moi, ce n'est pas possible autrement. J'ai même pas envie de rentrer en cours.

— Dis pas de connerie, dit Armand, c'est la dernière ligne droite, il reste moins de 5 mois de cours et il faut qu'on se tire de ce lycée de bouseux.

— Salut…

Harmony vient d'apparaître. Elle a l'air apeurée, chose rare quand on commence à bien la connaître.

— Je n'ai pas envie d'y aller moi aussi, déclare-t-elle. Tout le monde me regarde comme si j'étais un monstre qui l'avait bien cherché. J'ai l'impression d'être une bête de foire.

— Bienvenue au club, ai-je plaisanté.

— Je suis persona in grata maintenant, je suis dans votre camp. Quelle loose ! Jamais je ne me suis sentie aussi humiliée.

— On s'en fout nous de ta réputation Miss Chanel, rit Armand. Bienvenue dans le clan des laissés pour compte, des bizarreries de cirque, etc.

— Tu es vraiment lourd, réplique-t-elle. Ne me laissez pas manger seule à midi, je vous en supplie.

Sa mine est si grave que nous nous fichons d'elle.

— Ton honneur sera sauf, t'inquiètes pas, lui assure Armand, entre deux rires.

La journée passe lentement. Nous avons tenu notre parole et avons mangé avec Harmony. Finalement, nous avons bien ri et elle a presque oublié son côté pimbêche. Ses « amies » sont passées devant elle, sans un regard, ce qui ne nous a pas échappé. Harmony a l'air déçue mais surtout blessée. Je lui prends la main pour la rassurer.

— Laisse tomber ces connasses mal baisées.

— Armand, tu es obligé d'être aussi vulgaire ? Ne fais pas attention Harmony, mais il a raison. Au moins tu sais qui sont tes vrais amis.

Elle m'adresse un regard reconnaissant et nous changeons de sujet pour lui remonter le moral. Je profite de l'occasion pour lui parler d'Adrian.

— Je suis contente pour lui, dit Harmony. Mais j'avoue qu'il n'a pas joué franc jeu avec toi sur le coup mais dramatise pas, il ne t'a pas non plus trompée.

— Pour qu'il me trompe, il aurait peut-être fallu qu'on sorte officiellement ensemble, ai-je répondu, amère.

— Il reviendra vers toi j'en suis sûre. Tu sais il a mis beaucoup de choses de côté pour toi.

— Je ne le lui ai pas demandé non plus.

— Sûrement mais bon, je suis sûre qu'il reviendra sur ses positions. Ça crève les yeux qu'il craque pour toi. Parole d'experte.

J'aurais préféré qu'il puisse me le dire en face. Pendant qu'Armand charriait Harmony sur ses capacités de spécialistes en relation, je pense à lui. Encore un SMS de lui. Pour une fois, c'est moi qui fais le mort.

Je finis par regarder « je pars demain après-midi, j'aimerais te revoir ». Pour quoi faire ?

Le lendemain, j'attends désespérément la fin des cours, tout en me demandant si je vais y aller. Pourquoi veut-il me voir puisqu'il m'a écartée de sa vie ? C'est à n'y rien comprendre.

Après qu'Armand et Harmony m'aient convaincue à y aller, nous décidons de venir sur le port.

Adrian était là, avec d'autres hommes, chargeant le bateau. J'ai du mal à me dire que je ne pourrai pas aller plus loin dans cette relation. Elle n'a pas commencé, elle n'est pas terminée mais toutes celles que j'ai vécues jusque-là ne m'ont jamais autant fait mal. Pourtant j'ai connu des garçons, des mauvais, des menteurs, des volages mais pas comme Adrian. Il voulait se donner la chance d'être quelqu'un, qui suis-je pour le lui interdire ? Mais c'est tellement injuste…

S'apercevant de notre présence, il vient vers nous. Harmony le serre dans ses bras, puis lui donne quelque chose que je ne vois pas et Armand lui adresse une tape amicale dans le dos. Je suis derrière, silencieuse. Mes amis se sont éloignés pour nous laisser parler seuls. Nous ne disons pas un mot, il me regarde intensément et me prend la main.

— Je suis désolé pour tout ce que j'ai dit, déclare-t-il.

— Désolée de m'être emportée. Mais ça fait si mal de te voir partir en fin de compte.

— Tu sais que j'aimerais rester ici avec toi, mais la mer me fera le plus grand bien et je déménage à Capestre dès mon retour. Je ne voulais pas te donner de faux espoirs dans une relation alors que je ne serai pas disponible pour toi. Je ne veux pas te perdre, mais j'aimerais qu'on puisse avoir une vraie chance, pas se croiser en coup de vent.

— Je sais Adrian, j'ai compris. Je ne veux pas que tu partes mais je ne veux pas être une harpie qui t'empêche de réaliser ton rêve. Si tu dois travailler, dur, je le comprends, et si tu n'as pas le temps, je comprends. Tu aurais pu quand même me dire tout ça avant, avant que je m'attache à toi... Mais le mal est fait. Et tu pars le jour de ton anniversaire. Hé oui, je suis bien informée ! Tu rateras probablement le mien d'ailleurs.

— Le mal est fait, reprend-il. Mais je dois avoir toutes mes chances. Je ne te demande pas de m'attendre non plus, d'ici là peut être que tout aura changé. Et je déteste fêter mon anniversaire.

Je soupire. C'est navrant à quel point nous nous ressemblons sur ce point, je n'aime pas non plus.

— Bon je dois y aller, dit-il.

— Je sais.

Sans réfléchir, je me jette à son cou et l'embrasse, comme s'il partait à la guerre. C'était une réaction exagérée mais j'ai l'impression que c'était la dernière fois. L'occasion ne se représentera peut-être plus alors autant en profiter. Si j'avais su tout ça avant, j'aurais dû en profiter à fond. Je n'ai jamais ressenti de choses pour quelqu'un. Il m'oubliera, qui sait ? Sûrement, mais pas moi.

Je me sens tellement confuse... Comment sait-on qu'on a rencontré l'âme sœur ? J'ai l'impression qu'Adrian l'est, pourtant il s'en va. Peut-on attendre cette personne si spéciale, le temps qu'elle s'en rende compte à son tour ? Je sais qu'il m'aime beaucoup, mais pourquoi ne me le dit-il pas ? Est-ce trop dur à l'admettre pour lui ou a-t-il peur de regretter ?

— Je t'aime Adrian.

— Je sais, je suis désolé. Je dois partir. Ne te rends pas malheureuse pour moi, et travaille dur toi aussi, garde la tête haute, quoi qu'il arrive. Tu vas me manquer, Rei, tellement.

Je lui tends un baladeur MP3 en guise de cadeau d'adieu/anniversaire, il me tend une clé USB.

— On a eu la même idée, sourit-il.

— Je crois oui, me suis-je contentée de répondre. Au revoir, Adrian.

Il dépose un dernier baiser sur mes lèvres, prend son sac et prend place dans le bateau.

Harmony et Armand sont venus discrètement derrière moi et ont posé tous les deux une main sur mon épaule. Ma gorge est serrée et ma poitrine est compressée. Comme si je ne pouvais plus respirer, à mesure qu'Adrian s'éloigne. Pourquoi est-ce si douloureux ?

Le bateau prend le large mais de loin, je pourrai croire qu'Adrian écrase une larme sur le revers de sa veste. Mais je dois rêver.

— Il ne m'a toujours pas dit qu'il m'aimait. Mais je suis sûre qu'il m'aime. Vous pensez qu'il m'aime ?

En prononçant ces mots, ma voix déraille et je commence à pleurer, malgré moi. Je me sens tellement idiote d'avoir dit cette phrase à voix haute que je ris nerveusement.

— Il n'a rien dit… Il aurait pu me le dire non ?

— Ça va aller ma chérie, me rassure Harmony.

Elle m'a pris dans ses bras et Armand me caresse le dos pendant que je continue à pleurer comme une enfant, totalement désemparée.

En rentrant à la maison, ma famille au grand complet (soit trois hommes et un chien) discute dans le salon. Oncle Ben m'observe et déclare :

— Tu as une tête de déterrée beauté. Allez, oublie tes problèmes et joins-toi à nous.

Bien que je n'aie aucune envie de parler, je reste au milieu d'eux, bercée par leur conversation soporifique sur les bateaux. J'ai l'impression d'être complètement vide à l'intérieur. Pourquoi a-t-il fallu qu'on revienne dans cette ville ? Même si j'aime ma famille, mes nouveaux amis, j'ai l'impression que cette ville me porte malheur. En ce moment, je fais à nouveau ces cauchemars où j'ai l'impression que des mains m'agrippent, surgissant de nulle part. Et ça ne va pas s'améliorer avec le départ d'Adrian et cette agression aussi. Pourtant avec cet évènement, j'ai plus l'impression d'un déjà vu, pourquoi ne suis-je pas traumatisée à ce point ? Quand je vois Harmony, elle sursaute à chaque claquement, haussement de ton. Je la rassure la nuit à des heures impossibles, elle voit un psy et a décidé de prendre des cours de self-défense.

— J'aimerais parler de ce qu'il s'est passé ici, avant qu'on parte de Montebello.

Les trois hommes s'arrêtent de parler net. Ils se jettent un regard. En levant les yeux, je vois bien qu'il y a un malaise.

— Que veux-tu dire par là mon cœur ? demande mon grand-père.

— Je veux dire que l'agression du fou furieux me rappelle quelque chose que j'ai déjà vécu. J'ai cette sensation, mais je n'arrive pas à me l'expliquer. Comme si mon cerveau avait volontairement effacé cette partie de ma vie. Je me souviens pourtant avoir grandi ici, jouer avec des enfants qui ne vivent plus là désormais, je me souviens de ma rentrée au collège, et puis j'ai un trou noir jusqu'à ce qu'on déménage. Et quand je pense à ma mère, je suis en colère et je ne ressens aucun besoin de la voir.

— Tu veux dire que tu ne te souviens plus du tout ? m'interroge mon père.

— C'est ça. Je sais que c'est grave, mais j'aimerais le savoir.

— Tu n'es pas en état, je pense, commente mon oncle.

— Ce que Ben veut dire, ajoute mon père, c'est que tu as été agressée récemment et cela a fait remonter des souvenirs en toi. Je ne pensais pas que tu avais effacé inconsciemment ce moment de ta vie.

— Nous n'en avons pas beaucoup parlé, ai-je rétorqué.

— Parce que je pensais que c'était ton choix, dit mon père. Tu devrais voir un professionnel pour ça Rei, cet épisode de ta vie que tu as occulté, tu regretteras sûrement de te le remémorer mais tu en auras besoin pour te reconstruire.

— Si ça te chante, ai-je aboyé, alors, qu'est-ce qu'il s'est passé avant que l'on parte de Montebello ?

— C'est compliqué.

Mon père s'assoit, me conseillant de faire la même chose. Il se lance dans un long discours :

— Tu as dû effacer le peu de souvenirs que tu avais de ta mère. Mais je te comprends. Elle a toujours été égoïste et pour elle la vie de famille était une charge. Je l'ai rencontrée, elle était beaucoup plus jeune que moi mais ça a été le coup de foudre. J'avais ouvert mon cabinet à Capestre et elle était ma cliente. C'était – à l'époque – une jeune mannequin de 18 ans qui voulait se débarrasser d'un harceleur. Cas classique. Et puis, je ne sais pas pourquoi, nous nous sommes plu et nous avons décidé de nous acheter une maison à Montebello. Là où tu as grandi. J'étais un bourreau de travail et elle défilait ou inaugurait tel ou tel évènement dans le monde, mais quand nous nous retrouvions, c'était magique. Nous sommes mariés deux ans plus tard et elle est tombée enceinte de toi. J'étais le plus heureux des hommes mais ta mère était plus inquiétée par sa carrière. J'ai mis un frein à la mienne pour m'occuper de toi à ta naissance, le plus beau métier du monde et elle s'est peu préoccupée de toi, à mon grand regret.

Puis peu à peu, elle avait de moins en moins de contrats à cause de son comportement et autres frasques sur lesquelles je fermais les yeux, pour te préserver. À tes 10 ans, ta mère avait fini par renoncer à ses rêves de devenir un grand mannequin. Elle s'est un peu plus occupée de toi mais je pense qu'elle souhaitait que tu réalises ses propres rêves. Elle t'a fait faire tous les concours possibles et imaginables pendant deux ans, tu le vivais bien dans la mesure où tu étais contente d'être avec ta mère. Elle s'est même fait un nom dans le coin, quelques connaissances du milieu de la mode sont venues à la maison. Ça finissait souvent d'ailleurs en fête improvisée, voire d'autres sortes de fêtes, tout à fait déplacées pour une enfant de ton âge.

Avec ta mère, ça n'allait plus du tout. Je lui disais d'arrêter cela où je partais avec toi. Jusqu'au jour où ça a complètement dégénéré. Elle m'avait pourtant promis d'arrêter et de s'occuper convenablement de toi. Bêtement, j'y ai cru.

C'était encore une de ces soirées arrosées et je travaillais tard ce soir-là. Mais quand je suis rentré, je t'ai vue avec d'autres hommes, des jeunes, des plus vieux, et ils s'amusaient avec toi comme si tu étais une vulgaire poupée. Je ne sais pas ce qui aurait pu se passer si je n'étais pas revenu plus tôt à la maison.

Tu suppliais ta mère pour que ces gens te laissent tranquille, tu n'étais qu'une jeune fille et tu passais de bras en bras comme si tu étais leur chose. Ils se permettaient des choses totalement déplacées envers une enfant. Elle riait, ivre en te disant qu'il faudrait bien que tu apprennes à te décoincer, que c'était le métier qui rentrait. J'ai assisté à cette scène et je suis intervenu aussitôt, en frappant l'homme qui te tenait et en ordonnant à tout le monde de sortir.

Une énorme dispute s'est ensuivie avec ta mère et je lui ai dit de prendre ses affaires et de ne plus jamais revenir. Elle a fait ses bagages sans discuter, comme si elle avait attendu ce moment. Tu l'as suppliée de ne pas s'en aller et es partie sans un regard, folle de rage. Mais les faits étaient là, bien que ça n'ait pas pu aller plus loin que des attouchements, de mes yeux de père, j'appelle ça une agression presque sexuelle envers toi et elle n'a pas bougé pour défendre sa propre fille. Tu as été traumatisée et nous n'en avons plus beaucoup parlé, d'ailleurs tu ne parlais plus du tout. Tu ne voulais plus sortir avec tes copines ni aller à l'école alors tu as suivi pendant un an des cours par correspondance. Plus le temps passait, plus tu étais instable, tu ne dormais plus, ne mangeais plus. Puis, j'ai pris la décision de déménager en vendant tout ici à Montebello. Nous n'avons plus jamais reparlé de ce moment toi et moi, tu as vu un psy, sans succès. Je pensais que tu allais mieux depuis mais cette histoire te hante malgré toi et avec les récents évènements, ça n'a pas arrangé les choses. Alors voilà toute l'histoire. Reika, j'ai toujours voulu agir pour ton bien mais aujourd'hui tu ne vas pas bien et tu as besoin d'aide. J'insiste pour que tu ailles voir quelqu'un, si tu le souhaites je t'accompagnerai. Je m'en veux tellement d'avoir failli deux fois, c'est énorme mais je ne peux pas te surprotéger et tu dois en parler à un psy.

Un long silence s'installe. La réalité me frappe de plein fouet et je me sens totalement démunie face à cela. Comment ai-je pu occulter ce moment de ma vie ? Tout à coup, tout mon passé remonte et je comprends cette colère enfouie en moi, ces cauchemars qui me hantaient depuis quelques jours. Je me souviens maintenant de ce moment de ma vie, je regrette mais ce qui est fait est fait.

Je me lève en déclarant :

— Je crois que tu as raison papa, j'ai besoin d'aide.

Et je fonds en larme. Je sens les bras forts de mon père qui m'entourent, suivis de ceux de mon grand-père et de mon oncle. Ils sont là pour me protéger, je le sais, mais comment avancer après tout ce qu'il s'est passé ces dernières semaines et ce fantôme du passé qui revient après des années d'absence ?

Quelle mère pourrait laisser son enfant comme un bout de viande entre les mains de pervers alcoolisés ? De se permettre de passer les mains sous la jupe d'une enfant qui hurle, se débat sans que personne ne bouge ? C'est tellement immonde que ça me donne envie de vomir. Je me souviens combien j'étais malheureuse pendant cette période de ma vie, je vivais en autarcie, de peur qu'on me fasse encore du mal. J'ai été soulagée d'apprendre que nous partions de cette maison épouvantable, j'ai continué ma vie mais sans apprendre à vivre avec cette blessure. J'ai fait comme si de rien n'était, en me convainquant que ce n'était qu'un mauvais rêve, pas la réalité. L'esprit a pris le dessus sur le corps et le souvenir.

Je me souviens alors de ces choix que j'avais faits plus jeune, toujours d'actualités, comme celui de ne pas avoir d'enfant, de faire un métier pour m'occuper des autres. Ces décisions viennent de mon passé. J'aurais dû me soigner mais lorsqu'on n'en a pas envie, est-ce bien utile de faire semblant ?

C'est dans ces moments sombres où je regrette amèrement le départ d'Adrian, je le vivais déjà comme un drame mais sans lui maintenant, je me sens totalement vidée et il n'est pas là pour me soutenir comme il l'a fait précédemment. Adrian, reviendras-tu, retireras-tu cette douleur profondément ancrée en moi ? Ce n'est plus sur lui que je dois compter, je dois me reconstruire seule, bien que mes amis soient présents, ce n'est pas pareil. Avec lui, c'est différent. Enfin, c'était.

Chapitre 18
Fancy

Un peu plus de 2 mois ont passé. Je m'investis à fond dans mes études, ne sors plus, ne vis plus. J'évite mes amis, je ne participe à aucune fête, je ne parle plus à personne. Mon père a quand même réussi à me faire voir un psy, mais à chaque séance je pleure, je m'énerve et je n'ai pas l'impression d'avancer.

Je persiste pourtant à y aller, il faut que j'aille mieux, je veux aller de l'avant. Cela a mis déjà 5 ans à pourrir à l'intérieur de moi, je ne peux plus le garder.

La psychologue, Mme Jean, est une femme, ironie du sort quand on a peur des figures maternelles comme moi. Elle est très douce, à l'écoute et a toujours une boîte de mouchoir neuve à me tendre. Le peu de questions qu'elle pose tape directement dans le mille. Parfois, mon père nous accompagne et ça me fait du bien de l'entendre parler avec nous.

Adrian doit sûrement être revenu depuis des lustres puisque l'hiver est terminé depuis longtemps, nous sommes au mois de mai. Plus que quelques jours avant les vacances et certains examens ont déjà été passés.

Je croise de temps en temps Robyn et Karl quand mon père me traîne dehors, ils discutent et je ne dis pas un mot. Parfois, Abi me regarde d'un air triste, je pense que son frère lui manque ou du moins elle doit sûrement ressentir ma peine. Si c'est le cas, je dois vraiment être au fond du gouffre.

Une fois, elle m'a dit :

— Tu me manques.

J'ai pleuré discrètement, en la prenant dans mes bras.

Depuis, je viens la voir de temps en temps au foyer, nous ne parlons pas beaucoup mais nous faisons des perles, écoutons de la musique, elle me fait des dessins. Au moins, elle n'insiste pas sur le sujet « Adrian ». Je sais que les parents de ce dernier veulent bien faire en parlant de lui quand nous nous croisons mais cela ne m'apaise pas du tout, bien au contraire. Il fait sa vie, et moi je suis restée bloquée sur son départ, bloquée il y a cinq ans quand ma mère nous a plantés en route avec mon père.

Toute cette rancœur, cette colère, je l'ai encore en moi. Étant donné qu'il y a peu d'espoir de la revoir un jour (si elle n'est pas morte d'une surdose), il faut que je prenne du recul sur cette période de ma vie.

Après quelques séances, la psy trouve que je fais des progrès. Je pleure un peu moins en séance, je suis plutôt révoltée, ce qui est une réaction saine d'après elle. C'est un peu comme le deuil. On doit passer des étapes pour pouvoir avancer. En ce moment, elle me laisse parler de ce que je veux et m'oriente un peu si nécessaire.

Celui que je voyais quand j'étais en ville était un homme, muet comme une carpe, et j'avais l'impression de discuter avec son fauteuil. Au tarif qu'il prenait, il pouvait bien poser des questions quand même, ce vieux rabougri.

Quelques jours après cette séance, je finis par reprendre contact avec Armand et Harmony. C'est vrai que je les avais honteusement et soigneusement évités pendant cette période. Je venais à la dernière minute et quittais le lycée en quatrième vitesse dès la fin des cours.

Ils viennent à la maison où nous nous baladons dans la crique où Adrian m'a emmenée il y a quelques mois. C'est devenu notre repère depuis que le beau temps s'est installé.

J'étais tellement reconnaissante qu'ils ne m'en veuillent pas, surtout après leur avoir raconté toute l'histoire. Ils m'ont rassuré en me disant que je m'en remettrai et qu'ils seront là. Ces simples paroles m'ont mise dans tous mes états. Je pleure beaucoup trop en ce moment, mais je pense que l'accumulation y est pour quelque chose. Mais la psy dit que ça fait du bien, contrairement à ma tendance à tout garder à l'intérieur et de finir « amnésique ».

Je vais finir par parler en commençant toujours par « mon psy dit » ou « mon psy pense ». Harmony le fait de temps en temps, ça me fait rire.

Après ces discussions entre nous, Armand et Harmony ont insisté pour que je sorte de nouveau.

Nous sommes retournés au bar où Adrian et moi nous sommes embrassés, le White Chapel. C'est horrible de se dire qu'à chaque endroit où je me rends, c'est un souvenir douloureux mais qui était heureux sur le coup.

Tout mon lycée y était, enfin au moins la moitié. Ils riaient, avaient tous l'air insouciant, heureux. Je les observe d'un œil terne. C'est comme une scène au ralenti. Je me dis que je devrais peut-être au moins essayer de faire cela.

Alors en ce moment, je fais semblant. Peut-être qu'ils arrêteront de me prendre pour une fille dépressive, à cause d'un mec. Mais ce n'est pas à cause de lui, même s'il n'est plus là et que ça fait mal. Ils ne me connaissent vraiment pas.

Le lendemain matin, je me réveille non sans peine, sans aucun souvenir de ce qui a pu se produire la veille. Je suis chez Armand, encore habillée, maquillée (enfin si on peut appeler ça comme ça). Je suis dans le canapé et j'ai mal partout.

En cherchant de quoi manger dans la cuisine, Armand m'adresse un bonjour jovial.

— Alors tu te remets ? se moque-t-il.

— Difficilement. Je ne me souviens de quasiment rien de cette soirée. Rassure-moi, je n'ai rien fait qui ait pu te faire honte ?

— Oh que si mais tu as gardé ta dignité. J'étais ta voix de la raison pour une fois.

— Tu es sérieux ? Je devais être belle, tiens.

— Oui, tu as dansé toute la soirée avec Harmony, vous étiez rondes comme des queues de pelle. Elle est rentrée en taxi et nous sommes allés faire l'after chez moi. C'était sympa, on a joué à des jeux d'alcool et tu as tenu à jouer au jeu de la bouteille.

— Quoi ? Tu veux dire que j'ai tenu à rouler des pelles à tous les mecs qui sont venus chez toi à l'after ? Oh merde, la honte…

— Oh ça va, il était tout gay ou bi ou deux trois hétéros-curieux perdus dans le troupeau, rit-il.

— La honte quand même.

— C'est clair, ça se trouve maintenant tu as de l'herpès.

— Pff t'es qu'un sale type ai-je répliqué. Tu as des préjugés envers les gays tout à fait répugnants.

Il continue à rire. J'enlève ma robe sans aucune pudeur et il me tend un t-shirt qui traîne sur le dossier de sa chaise en buvant son café.

Heureusement que j'ai révisé toute l'année durant car les jours qui suivent sont teintés des mêmes souvenirs embrouillés. Fête, alcool, after chez Armand, Harmony, chez des gens que je ne connais pas. Forcément, à un moment donné, je rencontre toujours la dernière personne sur cette planète que j'ai envie de voir (enfin juste avant ma mère) : Tristan.

Pendant une soirée, je suis déjà saoule et il vient me parler :

— Salut Reika, ouah, tu m'as l'air à fond déjà. Il n'est que vingt-trois heures, tu sais.

— Ouais et alors, qu'est-ce que ça peut bien te foutre ?

— Tu veux te faire embarquer par un mec ou quoi ? Tu es complètement faite. Arrête de picoler autant.

— T'inquiète pas, c'est déjà fait, je crains plus rien.

Il arrête de rire aussitôt :

— Quoi ?

— Laisse tomber, allez, c'est la fête, amuse-toi, salut !

Je le plante là, en retournant à mes occupations. Il me suit en me prenant le bras :

— Je vais te raccompagner chez toi.

— Mais non ! ai-je protesté, Harmony et Armand vont me raccompagner !

— Ils ne sont pas là en tout cas, ou du moins pas en état de conduire. Sérieux tu crains là, rentre chez toi.

— Laisse-moi tranquille tu entends !

Il ne m'écoute pas et me met de force dans sa voiture.

Au bout d'une vingtaine de minutes sur la route, je commence à réaliser ce qu'il s'est passé. Tristan ne dit rien et finit par me regarder.

— Ah ! tu as l'air revenue plus ou moins sur la planète Terre. Tu allais faire quoi après avoir vidé le bar ? Dis-moi.

— Aucune idée. Ça m'évite de réfléchir en ce moment.

— Bah tu devrais. Enfin bon, j'aurais dû en profiter.

— Pff tu n'as aucune chance.

— Qu'est-ce que t'en sais ? Vu dans l'état où tu es… Et j'ai réussi à te kidnapper.

Je lui fais une mine outrée.

— Oh ça va, je déconne. Je te dépose chez toi alors ?

— Ouais, ça ira mon père doit être encore au boulot ou a dû s'endormir sur son bureau.

Après m'avoir raccompagnée, il me suit jusqu'à chez moi. Je l'invite à rentrer chez lui.

— Pourquoi tu ne veux pas que je rentre ? On pourrait s'amuser.

— Ça ne m'intéressait pas tout à l'heure, ça n'a pas changé, même si je suis bourrée c'est non Tristan.

— Tu vas pas me dire que tu es une petite vierge effarouchée non plus ? Allez, accepte.

Je ne sais pas pourquoi il insiste tant ni à quel jeu il joue. J'ai l'impression qu'il veut bien faire ou qu'il fait vraiment de gros efforts pour réussir à me mettre dans son lit. Peut-être que je me trompe. Je tente un coup de poker. Il doit bluffer.

— Bah monte alors.

— OK.

Merde. Je pensais qu'il se dégonflerait. J'essaie de jouer le jeu, je le prends par la main et monte dans ma chambre.

En fermant la porte, il ne me laisse pas une seconde et se jette sur moi. Je le repousse violemment.

— On dirait un chien affamé ! Doucement ! Qu'est-ce que tu fous ?

— Laisse-moi faire, depuis le temps que j'attends.

— Alors c'est ça que tu voulais depuis le début ? Du cul et c'est tout. C'est donc tout ce qui t'intéresse chez moi ?

Je recule, écœurée. J'avais un petit espoir pour une fois d'être traitée comme un être humain et pas encore comme un bout de

150

viande. Il me fait un peu penser à Max. Cette pensée me répugne. Je reprends :

— N'espère plus rien maintenant et sors de chez moi.

Il remet son t-shirt.

— Franchement, faut savoir ce que tu veux. Soit tu veux t'amuser, sinon tu peux attendre ce pauvre type. Il n'a rien fait de plus que ce que je fais, il a tiré son coup et s'est barré. Mais moi je suis plus direct.

— Si tu le vois comme ça. En tout cas j'apprécie la poésie.

— Au moins tu sais ce que j'en pense.

Il prend sa veste et me pose une main sur l'épaule que je rejette aussitôt. Il finit par tourner les talons. J'entends la porte claquer.

Encore un peu remuée, je prends mon téléphone et vois dix mille appels manqués de mes amis. Je les rassure. Je pensais sur le moment qu'ils m'avaient laissée en plan mais pas du tout. Il faut vraiment que j'arrête les conneries. Tristan est peut-être un homme de Cro-Magnon mais c'est vrai qu'il sait ce qu'il veut. Son analyse, bien que peu développée est un peu la triste réalité de mon histoire avec Adrian, mis à part qu'il n'a pas l'air de savoir ce qu'est l'amour. Cela étant, il est possible que j'aie été la seule à aimer dans cette histoire, non ?

Cet imbécile m'a mise dans le doute, je suis confuse.

Je finis par m'endormir, et cette fois-ci pour la dernière fois, tout habillée, maquillée, sentant la vodka. Pour compléter le tableau, j'ai même encore mes Vivienne Westwood aux pieds. Je suis pathétique.

Chapitre 19
Just need your love

Les examens de fin d'année sont enfin terminés. C'est avec un grand soulagement que nous sortons du lycée avec Armand.

— Putain ! Enfin fini !

— Le tout c'est de les avoir ces foutus exams, ai-je répondu angoissée.

— Oh je ne m'en fais pas pour toi.

— J'espère que tu auras raison.

— Mais oui ! Allez ! on va fêter ça !

— Euh… Dans quel sens ?

— Jeux vidéo, pizza chez toi… Et je t'instruirai sur l'art du porno gay.

— OK… Sauf pour le porno, non merci.

— T'es coincée, ma parole !

— Je suis pas coincée, t'imagines la tête de mon père s'il rentre dans ma chambre ? Il péterait un plomb, pour sûr. Il était déjà au bord de la syncope pour Brockeback Mountain alors je n'ose imaginer le reste.

Il rit joyeusement et nous continuons notre route. Armand a l'air si détendu, si heureux. Sa bonne humeur me contamine aussitôt et nous nous mettons à imaginer des noms de films X plus grotesques les uns que les autres.

L'année prochaine, il ira à Capestre afin d'avoir un diplôme supérieur dans la communication. J'avoue que ça lui correspond plutôt bien. Si j'ai bien compris, il sera dans le même établissement que Harmony, donc je suppose qu'ils seront dans la même classe.

Pour ma part, j'ai choisi entre deux options, en fonction de l'établissement qui me donnera une réponse positive. Je n'ai pas pris de risque car j'ai conscience que les redoublants ne courent pas les rues là où nous vivons. Je pourrais intégrer un cursus dans le social et psychologie dans la même ville que mes amis ou juste une fac de psychologie qui se trouve dans une ville voisine de Montbello et Capestre.

Armand, comme à son habitude, lit dans mes pensées pendant que je choisis distraitement le jeu auquel nous allons jouer.

— Toujours pas de réponse pour tes écoles ?

— Non… La fac m'arrangerait car c'est pas cher mais ce n'est pas le cursus idéal que j'avais choisi ni une ville que je connais. L'école sociale serait le rêve mais bon, payant et dans une autre ville ça m'arrange pas.

— Mais tu es au courant que ton père gagne plein de fric ?

— T'es nul, ai-je lancé en lui tirant la langue. Je n'aimerais pas vivre sur son argent, ou du moins il faudrait que je me trouve un job pendant l'année.

— Ou tu devrais en profiter et en contrepartie être une élève exemplaire et studieuse. Regarde-moi, je suis déjà inscrit à tous les groupes du bon petit samaritain de ma prochaine école. Mes parents n'y voient que du feu.

— Ça, c'est parce que tu es un escroc de gosse de riche, lui dis-je en pouffant de rire.

Quelques semaines plus tard, toujours aucune réponse des écoles. La panique commence à m'envahir. Pendant un dîner avec toute ma famille, je leur demande :

— Et si personne ne veut de moi ?

— Ne t'inquiète pas, assure mon grand-père, ils verront tes résultats et tu auras au moins une réponse positive.

— Oui, tant que tu n'envoies pas de candidature avec photo, se moque oncle Ben.

Je réplique en lui lançant un bout de pain. Il contre-attaque et le repas finit en bataille de petits pois et boulettes de pain. Nous rions un bon moment.

Mon père me regarde et pose la main sur mon épaule.

— Content de retrouver un peu ma Rei, déclare-t-il. Ne t'inquiète pas, tout vient à point à qui sait attendre.

* * * *

Quelques semaines plus tard.

— Rei, tu as du courrier !

J'ouvre un œil vitreux, après une soirée avec Harmony et Armand où nous avons essayé d'être plus ou moins sages. Ma tête ne me tourne pas trop, j'en déduis que j'ai été raisonnable.

Du courrier ? Tout d'un coup, je bondis de mon lit et enfile n'importe quelle fringue à portée de main. Je dévale l'escalier et vois plusieurs enveloppes. Je les déchire, comme une furie et les lis une à une.

— Sur liste d'attente pour l'école et acceptée pour la fac de Trieux…

— C'est une bonne nouvelle non ? m'interroge mon père.

— Oui et non, l'école était vraiment le cursus de rêve pour moi. Et je ne connais pas trop Trieux, je serais loin de mes amis...

— Pas de pensées pour Adrian à tout hasard ? Il doit vivre à Capestre en ce moment non ?

— Sûrement Papa, ai-je répondu irritée, il ne donne pas de nouvelles alors je ne sais pas et je n'ai pas envie de le savoir d'ailleurs.

— OK, je n'insiste pas. Je rentre tard ce soir ma chérie, dur de reprendre la société mais je serai plus disponible dès que les vacances seront finies, on pourra passer plus de temps ensemble.

— Super papa, embrasse Papi et Ben pour moi.

Cela fait longtemps qu'on n'a pas abordé le sujet « Adrian ». Je laisse les courriers de côté et mets en Bluetooth mon téléphone qui se cale sur une chanson de métal symphonique. « Leaves » de The Gathering.

Sur cette musique, il me prend l'envie de me mettre sur mon trente et un. Dans l'après-midi, nous allons au lycée afin de connaître les résultats et le soir, il y aura une fête là-bas.

Je sors de la douche et sélectionne ma tenue : un pantalon en cuir avec des sandales noires à talon, un t-shirt un peu débraillé gris et je m'attache les cheveux. Je trace mon œil de biche, du rouge à lèvre rouge sang et me voilà prête. Je prends un sac à main noir clouté, fourre mes affaires dedans et marche jusqu'à mon futur ex-lycée. Cette pensée me réjouit.

Harmony est déjà là, impeccable, ses cheveux roux sont bouclés et surmontés d'une paire de lunettes de soleil d'une marque italienne, elle porte une robe d'été vert émeraude hors de prix, des sandales tout aussi coûteuses et comme à son habitude, un sac griffé. Elle a l'air d'aller mieux tout de même, je suis contente pour elle.

— Salut gravure de mode, dis-je.

— Oh salut Rei, je vais mourir tellement je suis stressée !

— Tu n'abuses pas déjà, ai-je plaisanté

— Oh ça va, ça va, tu as déjà fait ça, tu t'y connais, toi !

Pas faux. Mais l'année dernière, je n'en avais rien à cirer. Elle reprend :

— Où est Armie ?

— Armie ?

— Armand ! Que fait-il ? Il est en retard comme d'habitude !

— Calme-toi Harmony… En attendant, je peux savoir comment lui, il t'appelle ? Afin de rigoler un peu.

Elle me jette un regard noir et finit par m'adresser un petit sourire crispé. Finalement, Armand arrive accompagné de Jake et d'autres garçons de notre classe.

Les professeurs, en charge d'afficher les résultats sur des panneaux sont encore plus en retard que nous. Nous finissons tous assis en tailleur dans le hall en train de discuter et de rire. J'aperçois de loin Tristan, qui fait le beau avec ses copains. Il m'adresse un signe de la main que j'ignore royalement.

Ils finissent par afficher la liste des admis, des malheureux allant aux rattrapages et ceux qui n'ont plus qu'à tout recommencer. Je cherche mon nom, mes amis en font de même.

— Admis !! crions-nous en cœur.

Ils se sont jetés sur moi et débordent de joie. Je suis ravie, bien que le résultat soit sans surprise. Il ne manquerait plus que je foire mon examen encore ! J'envoie aussitôt un SMS à mes proches.

— Aaah, je suis tellement soulagé, souffle Armand, j'avais révisé la moitié de mes cours je me suis dit que c'était quitte ou double.

— Pff, eh bien avec Rei, on a bien révisé. C'était ça ou mes parents m'envoyaient dans une école catholique de toute façon, plaisante Harmony.

Comme prévu, le soir nous décidons de nous rendre à la fête de fin d'année. Harmony a ramené sa tenue chez moi, elle est à moitié habillée et essaie de fixer ses faux cils. En la voyant s'énerver, je me moque gentiment d'elle et décide de l'aider.

— Merci… J'y arrive d'habitude pourtant mais j'ai changé de marque, si j'avais su !

— De rien, ai-je répondu en continuant de glousser. Tu devrais essayer les extensions de cils.

— Tu crois ? – elle marque un temps d'arrêt – Mais attends tu connais ça toi ?

— Tu crois que je viens vraiment de la planète Mars ? Ça se trouve, je pourrais t'apprendre des trucs.

— Mmh, sûrement, enfin déjà regarde ton dressing, tu vas pas rester dans ton peignoir toute la soirée non ?

— Je ne sais absolument pas quoi mettre.

Harmony farfouille dans mes affaires et me jette une jupe crayon en simili cuir.

— Commence déjà par ça. Tu as un super cul, profites-en avant qu'il tombe.

— OK. Bon je choisis le t-shirt, mais je vais quand même essayer de faire plus décontractée, c'est pas un gala de charité non plus.

Je prends un débardeur blanc simple, lâche mes cheveux et rafraîchis mon maquillage. Pendant que j'enfile un perfecto noir, Harmony me siffle :

— Tu es canon ! Une vraie femme fatale ! Bon évidemment pas autant que moi, mais t'es prête pour ce soir.

Pour illustrer ses propos, elle tourne sur elle-même, faisant voler sa robe blanche. Elle s'était fait un smocky eyes avec une bouche bordeaux.

— Mathis ne pourra pas résister.

— Il vient à la fête ?

— Oui et non, dit-elle en m'adressant un clin d'œil, c'est pour les lycéens normalement mais la fête est dans la cour extérieure, il n'y aura qu'un vigile et je le connais bien, il bosse pour mon père.

Elle appelle un taxi et nous nous rendons à la fête. Il y a déjà beaucoup de monde.

Le prétendant de Harmony est déjà là, elle lui tombe dans les bras. Je me mets dans un coin et je vois Armand avec Jake qui dansent et se bécotent. Soudain, la solitude finit par me peser même si j'aime être seule de temps en temps. Bien que je sois heureuse pour eux, je pousse un soupir, en pensant à cette nouvelle compagne à laquelle je vais devoir m'habituer. Je m'éloigne un peu plus et tombe sur Tristan.

— Salut, miss Veran, lance-t-il joyeusement.

— Bonsoir. Tu fumes ?

— Oui, enfin c'est une clope, je ne vais pas effleurer ta bonne âme plaisante-t-il.

— Tu m'en avances une ?

— Quoi, tu vas me faire croire que tu fumes ?

— Disons que j'avais arrêté cette sale habitude mais visiblement je fais une rechute ce soir, ai-je plaisanté.

Il sourit – et quel sourire, on ne va pas se mentir – et me tend son paquet.

Punaise… J'avais oublié comment c'était bon, même si ce n'est pas bien. C'est juste pour cette fois.

— Je garderai ça pour moi promis. Ce sera notre secret crapuleux.

Tristan me donne un petit coup de coude complice. Je ne peux m'empêcher de me rappeler pourquoi je mets autant de distance entre lui et moi. Je m'écarte légèrement, ce qu'il ne manque pas d'observer :

— Je ne vais pas te bouffer promis. J'ai compris la dernière fois. D'ailleurs…

— Ne t'excuse pas, ai-je coupé. Tu ne le penses pas en plus.

Il se met à rire.

— Tu commences à me connaître, c'est bien.

— Je sais pas si c'est une bonne chose.

Je me tourne vers lui, il pose la main sur mon épaule. Malgré moi, je frissonne, comme si je n'avais pas pu contrôler ça. J'enlève sa main, quand quelqu'un nous interrompt :

— Rei ! Je peux te parler une seconde ?

C'est Harmony, elle a l'air furieuse. Tristan lui adresse un sourire idiot et elle le fusille du regard.

Elle me prend à part.

— Qu'est-ce que tu fais avec ce connard ! Tu sais très bien ce qu'il veut cette espèce de piranha.

— Et alors, où est le mal ? Au moins, c'est pas un faux cul.

— Tu parles ! La moitié des filles du lycée le déteste ou sont en déprime. Ne fais pas confiance à cet enfoiré !

— Pourquoi tu en fais tout un plat ? Il ne va pas me dévorer toute crue non plus.

Elle pose un temps de silence. Je reprends :

— Tu as été l'une de ces filles, c'est ça ?

— Oh laisse tomber Rei, c'était il y a longtemps, il n'était pas aussi con mais il m'a bien eue quand même.

— C'est pour ça que tu le détestes et Adrian aussi d'ailleurs, je suppose.

— Entre autres oui. Et il était franchement énervé quand il te tournait autour.

— Et alors, tu le vois là Adrian ? (Je fais mine de le chercher en levant les bras au ciel) Il n'est jamais revenu ici que je sache. Cinq mois que je ne l'ai pas vu, il y a prescription non ? Je peux au moins m'amuser un peu, je sais ce qu'il veut et moi j'ai besoin de passer à autre chose, tu comprends ?

— Oui mais pas avec lui s'il te plaît ma chérie, franchement il y a mieux. Adrian serait fou.

— Hé bien tu lui diras ou pas, mais il faut que je tourne la page.

— Sérieusement, tu n'as pas choisi le soir pour le faire.

— Pourquoi ?

— Parce qu'il va peut-être venir. Je l'ai invité.

— Visiblement il n'est pas là.

— Mais il m'a dit…

— Il t'a dit ?

Depuis tout à l'heure, je ne comprenais rien mais tout est clair. Cette espèce de lâche a dû voir ou parler à Harmony depuis des semaines, depuis son retour. Et dire que j'attendais, comme une pauvre cloche. Je sens la colère monter en moi. Harmony, pour la première fois, paraît toute confuse et bafouille :

— Euh oui enfin… Euh…

— Pff laisse tomber, je vois qu'au moins il ne laisse pas tomber ses amis, il vaut bien quelque chose tant que ça ne me concerne pas où il se comporte comme un zéro.

— Oh ma chérie, ne dit pas ça, il… Il va venir, je suis sûre… Je l'appelle si tu veux…

— Non, laisse tomber. D'ailleurs, tu sais quoi ? Je me casse, il pourra venir tant qu'il voudra je serai ailleurs.

Je lui tourne les talons et me dirige vers Tristan. Il me tend une flasque d'alcool, je la vide aussitôt d'une traite pour me donner du courage.

— J'ai une bouteille dans le coffre de ma voiture, si ça te tente.

— Ouais, pourquoi pas ?

Je lui prends la main et prends congé d'Armand, qui a assisté à cette scène, me regarde d'un air médusé. Sur le parking, Harmony court admirablement vers moi avec ses talons de 15 cm. Ma vue commence déjà à se brouiller. Un flash de vodka cul sec, une idée à ajouter à ma liste de choses débiles à bannir définitivement de ma vie.

— S'il te plaît Rei, réfléchis un peu !

— Bah y en a marre de réfléchir ! Continuez votre fête sans moi OK ?

— Je suis désolée ! Je pensais qu'il te donnerait des nouvelles mais je n'y peux rien, ne m'en veux pas !

— Je t'en veux pas, j'en ai juste ras le bol de courir après toutes ces conneries ! Tu lui passeras le bonjour. Je ne veux plus supporter ça, j'ai d'autres choses en tête et s'il n'est pas là aujourd'hui, il ne le sera jamais. Je dois faire une croix là-dessus !

— Il le sait Rei.

— Tu lui as tout dit, je suppose ? Pourquoi tu lui dis tout et à moi tu ne me dis rien ? C'est dégueulasse !

Tristan me prend par la main et nous marchons vers sa voiture. J'entends derrière moi Armand arriver et parler avec Harmony, qui frôle la crise de nerfs. Je jette un œil vers lui, il me regarde désemparé. Il ne fait rien pour me retenir, il me connaît si bien qu'il sait que c'est inutile de me retenir.

J'ouvre la portière, y pose mon sac. Malgré mes idées embrouillées, j'entends crier mon nom. Tristan soupire et me fait signe de regarder derrière moi.

C'est Adrian. Il court vers moi, en criant mon nom. Soudain, mon monde se fige et je le regarde avancer vers moi comme dans un film au ralenti. Je détourne les yeux, regardant ailleurs. À mon regard vague et vide, il s'arrête et je le sens me fixer, à dix mètres l'un de l'autre. La portière est toujours ouverte. Que dois-je faire ?

Courir vers lui, après qu'il m'a baladée puis finalement rejetée ? S'il savait ce qu'il se passait depuis le début, pourquoi n'est-il jamais venu me voir, pas un SMS, un appel, un mail, n'importe quoi ?

Je ne sais pas si je ressentais plus de tristesse que de colère. Probablement une déception immense.

Toutefois, je sens dans son regard, non pas de la déception, mais une certaine angoisse. Aurait-il peur de me perdre, maintenant qu'il sait que c'est possible ?

Qu'est-ce qu'il croyait, que je l'attendrai sagement, en passant du chaud au froid sans rien dire ?

Nous avons passé tellement de bons moments, même ceux où on se prenait la tête pour des futilités. J'aime la façon dont il prend la mouche, comme il défend son idée, ses convictions et son attention particulière auprès de sa famille. Peut-être même trop parfois, puisqu'il est influencé par son père pour se décider pour son avenir.

Je me souviens de tous ces moments, le son de sa guitare, son piano, sa voix un peu nasillarde, son sourire à tomber, ses baisers, les battements de son cœur, notre première fois…

Devrais-je lui laisser la chance de s'expliquer ? Mais a-t-il pu me donner une seule raison valable de lui pardonner depuis le début ? J'ai bien compris qu'il ne voulait pas s'engager car il préférait se consacrer à son futur professionnel. Ou du moins c'est ce qu'on lui demande.

Ce soir, je suis au même stade que lui. Je dois regarder en avant, pas en arrière. Je ne vais pas prendre en compte qu'il puisse me ralentir ou me distraire, contrairement à lui. Mais j'ai ce besoin dévorant de passer une étape dans ma vie et apprendre à vivre avec la nouvelle moi : consciente de son passé et tournée vers demain. J'essaie désespérément d'être cette personne et je dois me protéger moi aussi.

Je peux me venger en lui criant d'aller au Diable ou je peux renoncer à tout et l'embrasser, me lover dans ses bras et lui dire que je l'aime. Mais est-ce qu'il voudrait continuer avec moi pour autant ? Qu'adviendra-t-il de demain, si je lui donne tout sans rien en retour ? Et me dirait-il lui aussi « je t'aime » ou simplement « je sais » ? Je n'ai aucune garantie de tout cela.

Finira-t-il par se rendre compte que nous pourrions nous aimer, vivre une belle histoire et que nous avons besoin l'un de l'autre ? Probablement pas. Pas maintenant.

Ce soir, je vais l'aider dans son choix initial, il va se concentrer sur son avenir. Sans moi. Je préfère qu'il revienne quand il sera prêt. J'espère juste qu'il ne sera pas trop tard pour lui et surtout pour moi. Car je ne l'attendrai plus, je vivrai ma vie, même si je sais qu'il est parfait pour moi et que j'aurais pu déplacer des montagnes pour lui, s'il avait osé me le demander.

Après tout, on a la vie devant nous, même s'il ne s'en rend pas compte qu'il perd du temps à refuser le bonheur d'être amoureux, de se laisser aller avec quelqu'un qu'il aime.

Cette allégresse, il me l'a donnée et plus d'une fois. Je lui en serai infiniment reconnaissante. Mais je me vois pas m'embarquer dans une histoire d'amour bancale quand moi-même je ne suis ni stable et totalement en paix avec moi-même.

Et si ce soir, c'est le point final de notre courte histoire, j'aurais au moins connu la sensation du cœur qui bondit dès que je le vois, dès que je pense à lui, dès qu'il pose les mains sur mon corps fiévreux. C'était agréable mais douloureux, comme chaque amour qui se respecte.

Je garderai une partie ou peut-être tout mon cœur pour lui, je penserai à lui, quand il sera prêt, je voudrais être là dans sa vie mais je ne veux plus m'arrêter de vivre tant qu'il ne sera pas décidé.

Je garderai cet amour, en espérant qu'il voudra bien le partager avec moi un jour, mais je ne dois plus y croire ce soir.

Mais je me souviendrai de lui, de ses musiques, de sa voix, ses mains, ses baisers, nos disputes, nos rires, mes larmes, nos longues discussions, nos balades, nos fous rires, ses bras autour de moi, son odeur, son sourire. Je l'aime tellement mais je ne veux pas replonger, je veux qu'il sache ce qu'il veut, qu'il affronte ses sentiments ou qu'il les mette de côté définitivement, sans jouer au yo-yo avec mon cœur. Aujourd'hui je n'en ai pas la force. Je ne dois plus rien attendre de lui, ne plus être déçue, avancer, vivre ma vie au jour le jour.

En levant les yeux vers lui, je peux lire la peine sur son visage. J'essaie de me dire que c'est un mal pour un bien, alors je me retiens de craquer et de revenir vers lui en courant. Tristan fait le tour de la voiture, je pousse un grand soupir en réprimant un sanglot en entrant dans son coupé sport. Il ferme la portière derrière moi et démarre la voiture.

* * * *

Au loin, je vois mes amis et Adrian qui est bouche bée, se passant une main rageuse dans ses cheveux. J'essaie de me convaincre que ce que je fais n'est pas mal ou cruel.

— T'inquiète pas, ils penseront que je t'ai enlevée.

Je regarde Tristan d'un air reconnaissant. Il passe le bras derrière ma nuque.

— Tu veux aller où ?

— N'importe où. Emmène-moi n'importe où Tristan, je m'en fous.

Je pose ma tête contre son épaule.

— C'est vraiment sympa ce que tu as fait.

— Ouais je sais. Mais ne te fie pas à ça, tu sais ce que je veux en retour.

Je lève la tête, aussitôt.

— Pas ici, rit-il franchement. Un jour. Je t'aurais.

— Le pire c'est que tu as l'air vraiment convaincu quand tu dis ça.

— On verra.

— Cours toujours.

Je repose ma tête sur son épaule et je commence à somnoler. Il me dit :

— Tu l'aimes vraiment ce mec.

— Oui, mais il ne sait pas à quel point et a peur. C'est pathétique.

— Comme tous les mecs. Tu crois qu'il t'aime vraiment, lui ?

— Si tu veux tout savoir il n'est pas comme toi ai-je rétorqué. J'ai eu le temps de repenser à ce que tu m'as dit.

— Ah ! tu vois, je savais que tu allais y réfléchir.

— Oui, oui, ai-je admis, agacée, mais vraiment c'est ce que je pense de ma relation avec lui. Il n'est pas comme toi. Et même si je reconnais me sentir un peu comme toutes les idiotes qui se font sauter et larguer comme tu sais si bien faire, c'est comme ça, je l'aime et je sais qu'il m'aime aussi mais il s'y prend mal.

Tristan ne répond pas. Pour une fois, je lui ai cloué le bec.

— Peut-être, dit-il. T'as cru à son blabla.

Je repose ma tête contre lui.

— Ou peut-être pas.

— Tristan, tu es désespérant, ai-je soupiré. Un jour tu te feras prendre à ton propre jeu, tu verras. Ça nous arrive à tous, on pense avoir des convictions, des habitudes et une personne fait tout voler en éclat.

Il continue à conduire, pensif. Je finis par m'endormir contre lui. Je sais bien qu'il est la dernière personne de confiance mais j'ai l'impression que mon radar du bon sens se remet en route au fur et à mesure que je m'éloigne d'Adrian. Je ne sais pas où nous allons mais j'ai besoin d'air et de quelqu'un qui n'est ni compatissant, qui ne m'aime pas et inversement. Tristan a beau être assez rusé pour arriver à ses fins mais je peux l'affronter.

C'est sûrement risqué, mais je m'en fiche. Je ne veux plus penser à Adrian, je ne veux plus de tout ça. Peut-être qu'il me rejoindra et il me dira à quel point il m'aime et qu'il tient à moi ?

Tu rêves ma pauvre fille.

Enfin, après la façon dont je l'ai planté, au moins ça lui remettra les pendules à l'heure. Si j'avais écouté ma stupide et amoureuse conscience, je serais déjà dans ses bras, sans savoir s'il venait juste parce que Harmony lui a dit que je fricotais (le mot est exagéré certes) avec Tristan et qu'il le déteste. Mais que ce serait-il passé ensuite ? Rien ?

Le lendemain matin, je me réveille dans une espèce de cabane en bois de plain-pied, je vois la plage à quelques mètres de moi. C'est un endroit assez agréable, petit mais fonctionnel. On dirait un bungalow.

Je m'accoude sur le lit et remarque un matelas par terre.

Tristan rentre et me salue.

— Tu as vu, je ne t'ai pas tripoté, triomphe-t-il.

— Quel exploit ! Je suis sûre que tu as quand même maté.

En guise de réponse, il me fait une grimace salace, je ris malgré moi.

— C'est chez moi ici, déclare-t-il. Je t'ai emmenée ici, je ne sais pas trop pourquoi mais au moins tu n'es pas trop loin de Montebello.

— Merci, ai-je répondu en m'étirant.

Sans pudeur, je commence à enlever ma jupe et ma veste, devant la mine étonnée de mon hôte.

— Bah quoi ? Je t'ai dit que tu pouvais toujours rêver, alors je te laisse rêver.

— C'est gentil, mais finalement je vais retourner regarder les surfeuses en bikini sur la plage.

— Merci.

— Avec plaisir.

Il file, l'air malicieux.

Je prends ma douche, j'envoie un message à mon père pour le rassurer. Presque plus de batterie sur mon téléphone, je décide de l'éteindre sans vérifier si j'ai des SMS en attente.

Je sors en serviette de la petite salle de bain et fouille dans les affaires de Tristan car je suis partie sans aucun vêtement de rechange. Je prends un short de surf et je remets mon débardeur blanc. Tant pis, je n'ai pas de quoi me changer, je laisse même tomber le maquillage et essaie de démêler mes cheveux (bien trop longs) avec les doigts. Je décide d'aller sur la plage.

Tristan me retrouve, il fait une drôle de tête lorsqu'il me voit.

— Quoi ? Je n'avais rien à me mettre.

— Rien, laisse tomber.

— Qu'est-ce qu'on fait alors ? ai-je demandé.

— Bah ça dépend, combien de temps penses-tu rester ici ?

— J'en sais rien. Tu pourrais m'apprendre le surf ?

— Il faudrait une éternité pour t'apprendre quoi que ce soit, j'en suis sûr. Je t'ai vue au cours de sport. Tu crains.

— Tu es une mauvaise langue.

— Tu veux vérifier ?

— Ah pitié Tristan, tu me fatigues à force dire des choses pareilles.

Il se met à rire.

— Bon je t'apprends les bases.

— OK, j'espère que tu es patient, alors. Ça fait une éternité que je n'ai pas repris une quelconque activité physique.

— Comme si ça me surprenait.

Nous nous sourions mais j'essaie tant bien que mal de reprendre mon sérieux.

— Je serai patient, promis, dit-il en observant les vagues d'un air pensif.

Je ne sais pas si nous parlions encore du surf, mais il me tend la main, je la serre. C'est la première fois qu'il me promet quelque chose. Comme quoi, on peut peut-être faire changer même un petit peu les plus indécrottables comme Tristan.

Je me dis que finalement, peut-être que je peux aussi reprendre espoir pour Adrian.

Un jour, il comprendra. J'en suis sûre. Mais pour le moment, j'ai besoin de penser à moi. De me protéger. Cette dernière année, éprouvante, m'aura consumée tout entière. Et j'espère que tel le phénix, j'arriverai à renaître de mes cendres, comme à chaque épreuve que j'endure. Plus forte. Plus sûre de moi. Je dois y croire, je dois aller de l'avant à présent.

Imprimé en Allemagne
Achevé d'imprimer en octobre 2020
Dépôt légal : octobre 2020

Pour

Le Lys Bleu Éditions
83, Avenue d'Italie
75013 Paris